共和国故事

成功尝试

——深圳证券交易所正式开业

王治国　编写

吉林出版集团股份有限公司

图书在版编目（CIP）数据

成功尝试：深圳证券交易所正式开业/王治国编. —长春：吉林出版集团股份有限公司，2009.12

（共和国故事）

ISBN 978-7-5463-1814-1

Ⅰ. ①成… Ⅱ. ①王… Ⅲ. ①纪实文学 – 中国 – 当代 Ⅳ. ①I25

中国版本图书馆 CIP 数据核字（2009）第 236740 号

成功尝试——深圳证券交易所正式开业

CHENGGONG CHANGSHI　　SHENZHEN ZHENGQUAN JIAOYISUO ZHENGSHI KAIYE

编写　王治国	
责任编辑　祖航　李娇　王贝尔	
出版发行　吉林出版集团股份有限公司	
印刷　三河市嵩川印刷有限公司	
版次　2010年1月第1版	2022年1月第8次印刷
开本　710mm×1000mm　1/16	印张　8　字数　69千
书号　ISBN 978-7-5463-1814-1	定价　29.80元
社址　吉林省长春市福祉大路5788号	
电话　0431–81629968	
电子邮箱　tuzi8818@126.com	
版权所有　翻印必究	
如有印装质量问题，请寄本社退换	

前　言

自1949年10月1日中华人民共和国成立至今，新中国已走过了60年的风雨历程。历史是一面镜子，我们可以从多视角、多侧面对其进行解读。然而有一点是可以肯定的，那就是，半个多世纪以来，在中国共产党的领导下，中国的政治、经济、军事、外交、文化、教育、科技、社会、民生等领域，都发生了深刻的变化，中国人民站起来了，中华民族已屹立于世界民族之林。

60年是短暂的，但这60年带给中国的却是极不平凡的。60年的神州大地经历了沧桑巨变。从开国大典到60年国庆盛典，从经济战线上的三大战役到经济总量居世界第三位，从对农业、手工业、资本主义工商业的三大改造到社会主义市场经济体制的基本确立，从宜将剩勇追穷寇到建立了强大的国防军，从废除一切不平等条约到独立自主的和平外交政策，从"双百"方针到体制改革后的文化事业欣欣向荣，从扫除文盲到实施科教兴国战略建设新型国家，从翻身解放到实现小康社会，凡此种种，中国人民在每个领域无不留下发展的足迹，写就不朽的诗篇。

60年的时间在历史的长河中可谓沧海一粟。其间究竟发生了些什么，怎样发生的，过程怎样，结果如何，却非人人都清楚知道的。对此，亲身经历者或可鲜活如昨，但对后来者来说却可能只是一个概念,对某段历史的记忆影像或不存在,或是模糊的。基于此,为了让年轻人,特别是青少年永远铭记共和国这段不朽的历史,我们推出了这套《共和国故事》。

《共和国故事》虽为故事,但却与戏说无关,我们不过是想借助通俗、富于感染力的文字记录这段历史。在丛书的谋篇布局上,我们尽量选取各个时代具有代表性或深具普遍意义的若干事件加以叙述,使其能反映共和国发展的全景和脉络。为了使题目的设置不至于因大而空,我们着眼于每一重大历史事件的缘起、过程、结局、时间、地点、人物等,抓住点滴和些许小事,力求通透。

历史是复杂的,事态的发展因素也是多方面的。由于叙述者的视角、文化构成不同,对事件的认知或有不足,但这不会影响我们对整个历史事件的判断和思考,至于它能否清晰地表达出我们编辑这套书的本意,那只能交给读者去评判了。

这套丛书可谓是一部书写红色记忆的读物,它对于了解共和国的历史、中国共产党的英明领导和中国人民的伟大实践都是不可或缺的。同时,这套丛书又是一套普及性读物,既针对重点阅读人群,也适宜在全民中推广。相信它必将在我国开展的全民阅读活动中发挥大的作用,成为装备中小学图书馆、农家书屋、社区书屋、机关及企事业单位职工图书室、连队图书室等的重点选择对象。

编　者
2010 年 1 月

目录

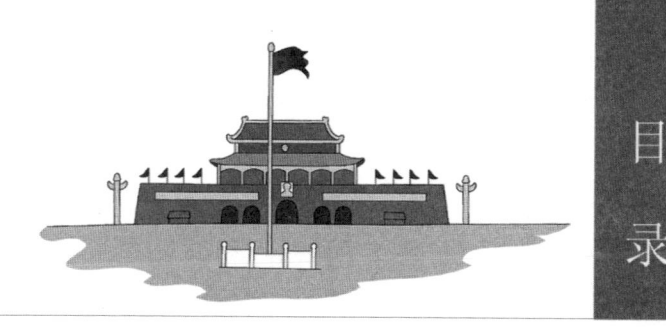

一、各项准备

深圳决定发展证券市场/002

深圳成立证券交易所/005

确定交易所筹备人员/008

确定交易所试营日期/015

二、开始营业

黑市促使交易所加快建立/022

交易所开始试营业/032

深圳发生第一次股灾/036

深圳股市持续走低/041

各上市公司纷纷采取对策/046

深圳交易所正式开业/052

万科在深交所上市/054

三、化解风险

交易所打击黑市交易/060

交易所参与救市行动/062

中国股市发生第一案/069

采取新举措稳定股市/086

目录

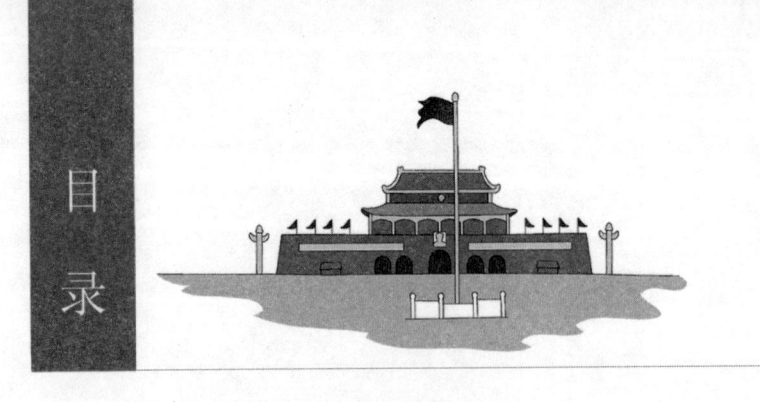

证交所轻松化解风险/090

发生苏三山诈骗案/095

四、高速发展

交易所不断发展完善/102

大坑村股民一夜暴富/109

交易所设立中小企业板/113

一、各项准备

- 李灏从香港回来后，马上成立了资本市场领导小组。对此，有些人不能理解，便打电话质问李灏。

- 深圳市政府一纸公文，让王健无可奈何，只好接受了任命，出任证券交易所筹备组负责人。

- 王健骑着自行车去向投资管理公司的总经理董国良借这笔钱。没想遇上个豪爽人，董国良一口就答应了。

深圳决定发展证券市场

国有企业的股份制改造、实行企业股份化,发展资本市场、为企业进行直接融资,这是社会主义初级阶段推动市场经济发展的两个轮子。

深圳的决策者们在开创经济特区的试验中,设计和领导了这两个轮子的制造,并亲自驱动其前进。

深圳市在全国率先把国有资产管理部门改造成深圳市投资管理公司。1986 年市政府颁布了《深圳经济特区国营企业股份化试点暂行规定》,提出把原企业改造成由国家、其他企业和个人参股的股份有限公司。

1987 年 5 月,市政府决定由人民银行深圳分行批准深圳发展银行首次以公募方式,采取自由认购办法,向社会公开发行 39.65 万股,每股面额 20 元,筹集资金 793 万元作为股本金。

1988 年 4 月,深发展股票首次在深圳特区证券公司挂牌,拉开了深圳股票交易的序幕。

万科、金田、石化、宝安、物业、华发、中厨等原属国营企业都改造成公众公司,对社会公众发行了股票。

深圳经济特区证券公司是全国第一家证券公司。1985 年,以人民银行深圳分行名义起草了成立特区证券公司的报告,在人民银行总行副行长刘鸿儒的支持下,由金管司司长和主管行领导于1985年9月9日签发批文。

1987年11月14日，特区证券公司由深圳人民银行独资兴办改组为10家金融机构出资组建的股份制证券公司。

1988年1月8日，公司挂牌的当天仅收购了400元国库券，数额虽小，这可是中国资本市场的首笔交易。

1987年，他们承销了深圳发展银行发行的股票，1988年4月11日又与深圳发展银行签订协议，将深发展股票挂牌买卖，成为深圳股票柜台交易的先驱。

此时，深圳特区证券公司一身三任，既当包销商，又做柜台交易，还负责进行买卖股票债券的登记和清算。此时为了推销深发展股票，特区证券公司全员出动，同深发行的员工一起走街串巷，上门宣传，甚至开着大喇叭车摊派推销。有的领导被摊派到任务时，说没有钱买，他们就先把股票给人家，待发工资时再扣款。

有的推销人员在推销中遭到白眼，甚至被扫地出门。这就是中国第一家证券公司初期运作时惨淡经营的"壮观"景象。

稍后，由于股份有限公司相继成立，上市公司增加，到1989年底，深圳公开发行并上市的股票已达6184万元，市场的参与者达到了4000人之多。

在这种情况下，原有的一家证券机构已经不敷需求，需要从机构、人员和设备上有一个突进。为此，中国人民银行深圳分行于1989年7月18日，批准成立了中国银行信托投资公司和深圳国际信托咨询公司两个证券业务部。于1989年9月28日，批准成立深圳国际信托投资公司证券业务部，并分别承销了万科和安达两支上市股票。

从1990年4月底开始，由于深圳上市公司的效益好，掀起了一轮股市狂热。几家证券机构门前人流涌动，柜台业务繁忙，证券从业人员超负荷运转，带来市场秩序的一些混乱，为少数人乘机操纵市场、哄抬股价创造了便利。为了疏通交易渠道，加强对市场的引导和管理，1990年8月至11月，人民银行深圳分行又批准设立了几家证券营业部。这样，至1990年底，深圳的证券商已扩大到13家14个网点。

随着证券市场的扩大，很自然地就需要有专门的机构来进行规范管理，建立证券交易所就成了当务之急。

深圳成立证券交易所

深圳特区在刚搞股份制改革的时候，谁也没有想到要搞证券股票市场。

在建立股份制公司的一两年后，随着股份制公司的发展，需要筹集大量的资金，才逐渐提出建立资本市场的问题。

1985年8月，李灏奉命南下，担任深圳市市长。第二年又出任市委书记一职。当时的深圳，一方面，大规模的建设全面展开，急需筹集大量资金；另一方面，国有企业开始了股份制改革的探索。

1986年，深圳市政府制定了《深圳经济特区国营企业股份制试点的暂行规定》，一些企业根据规定进行了股份制改造，有的还向社会公众发行了股票。

1988年4月1日，深圳发展银行的股票首次开始实行柜台交易。这时，探索建立资本市场，特别是创办一个股票集中交易的市场，历史性地摆到深圳决策者的面前。

1988年7月，深圳市委书记李灏率团去英国、法国、意大利考察，证券市场只是其中考察的一项。

在英国伦敦，香港新鸿基证券公司帮深圳考察团组织了一个投资座谈会，李灏代表深圳市政府致辞，欢迎英国金融界来深圳投资。

英国一家基金公司经理说，我们不能直接投资你们的工厂企业，只能买你们的股票。他提出的问题对李灏他们来说是很新鲜的。

此时，深圳发展银行等几家公司的股票还是柜台交易，交易量也很大，因此仅仅在柜台交易是不行的。

一回到香港，李灏就开始考虑深圳证券市场体系建设问题。深圳要利用政策优势，建立资本市场。然后让企业通过资本市场，筹集到更多的发展资金。

李灏最早的想法是找日本大和证券，请他们的老板宫崎勇来当顾问。

李灏与宫崎勇从1980年中日经济知识交流起就开始交往，比较熟悉，关系也不错。但是考虑到日本太远，语言交流也不方便，最后，他还是决定请邻近的香港新鸿基证券公司来当顾问。

香港新鸿基证券公司负责人冯永祥就派了邱小菲带几个人来，主要帮他们做了三件事。

第一，帮他们起草了一个建立证券市场的总体方案，一个完善的证券市场要有上市公司、证券公司、登记公司，还要有证券交易所，还要对股民宣传教育，等等。

第二，把世界各大证券市场的法规制度都找来作参考，帮助起草深圳证券市场各种法规制度。

第三，帮助深圳证券市场培训证券方面的干部，分期培训骨干人才。

李灏从香港回来后，马上成立了资本市场领导小组。对此，有些人不能理解，便打电话来质问李灏："为什么要搞资本市场？"

后来又有人说资本市场不好听，容易被人误解"资本市场"与"资本主义"的联系。在当时环境下，大家谈"资"色变。

后来，他们就把资本市场改名为证券市场。深圳证券交易所就是从这时开始搞的。

1989年9月8日，市证券市场领导小组及人民银行深圳分行向中国人民银行报送了《关于筹组深圳证券交易所的报告》。

11月15日，市政府下达了《关于同意筹建深圳证券交易所的批复》，并成立了深圳证券交易所筹备组，由王健、禹国刚负责筹办。

确定交易所筹备人员

上海证券交易所创始人尉文渊直言，自己最初关于股票知识的启蒙来自禹国刚写的书。

禹国刚1968年毕业于西安外国语学院，毕业后在军工厂工作。

1981年的春天，不安于黄土高坡命运的他，拿着变卖家产所得的600元钱，带着老婆孩子闯深圳，在深圳的爱华电子公司工作。

两年后，天上掉下个馅饼，正好砸到禹国刚的头上，禹国刚和另一位叫蔡靖华的小伙子被选中去日本学习证券。选人到日本学习证券这件事，是日本友人冈崎嘉平太老先生向时任全国人大常委会廖承志副委员长提出的。

冈崎嘉平太1979年开始提出，1979年、1980年、1981年连着提出了三年。廖承志副委员长说，我们是社会主义国家，我们不会用股票这些资本主义工具，这事以后再说吧。

到了1982年的时候，冈崎嘉平太老先生还是矢志不渝，他又一次向廖承志提出派员的要求。

冈崎嘉平太说："你这个人真是的，我说过我出钱，你选人，至于学了以后用与不用，大权在你手里，你干吗每次都婉言谢绝？"

这个话说得很软,实际上表达的意思是很中肯的,就是希望一定要派人。

廖承志心想也是,用不用以后再说,派两个人学了总不会有什么不好,学了证券用不着,只当是出去学日语了。

那会儿中国还没有股票,日本人觉得这是新鲜事,于是《朝日新闻》上就把两位在东京学习证券的小伙子的照片登了出来,照片的背景是东京证券交易所。

后来禹国刚回忆说:

> 那个记者问我,你们是社会主义国家,又不用股票这个东西,派你们两个来干什么?这个问题很尖锐。所以我回答他说,我们中国有句俗语叫"学了不会是白学的",他后面没有往下再问了。他如果再穷追猛打,我真不好说。那时候国家根本没把这个事情提到议事日程上来……

在日本只学了一年,禹国刚就回到了深圳。

国内没有证券这一行业,学了等于白学。他只好重新回到爱华公司,继续干他的老本行。

1989年底,深圳市要筹建证券交易所,时任深圳市副市长张鸿义才忽然想起有这么一个专业青年,于是禹国刚就被从爱华挖出来,跟王健做搭档。

王健原来是中国银行深圳分行的一名副科级干部。

1986年，深圳开全国先例，公开招聘12名副局级干部。时年36岁的王健前去应聘，结果金榜题名，1987年3月当了新组建的深圳发展银行的副行长。

深圳发展银行的迅猛发展，与王健两年半的工作是分不开的。恰在此时，1989年12月28日，深圳市政府一纸公文，让王健无可奈何，只好接受了任命，出任证券交易所筹备组负责人。

当时的股市还处于起步阶段，各项法规没有健全，机构操纵股价的行为时有发生，对于这个新工作，王健非常排斥。

上任之后，摆在他面前的是一片空白。政府没有给予任何实在的支持，没人没钱也没有办公地点，更没有任何国内外交易所的资料及法律法规，一切都要从零开始。

为了赌口气，也为了实现自身价值，王健上任以后，先办了4件事。

第一件事就是组织人；第二件事是找钱；第三件事是找地方；第四件事就是组织人设计交易所的法律法规。

说是筹建深交所，可一没钱，二没地方。王健像密探似的四处筹钱，终于有一天探得消息，证券市场专家小组有一笔20万的经费存在银行里。

王健骑着自行车去向投资管理公司的总经理董国良借这笔钱。

没想遇上个豪爽人，董国良一口就答应了。

接着王健就开始找地方，找来找去，找到了新四军军长叶挺的后代叶华明。叶华明是深圳市科委的领导，看到王健搞交易所如此艰难，叶华明深受感动。

"这样吧，"他对王健说道，"你们搬到科委大楼免费办公，以后交易所就设在科委大楼一楼的大堂。"

后来副市长张鸿义不满意，他说："设在科委自然安静，但是其影响程度就不如国贸大厦。深圳要走向世界，从长远看，设在国贸大厦影响会更大些。"

国贸大厦总经理马成礼赶紧把三楼的仓库腾了出来。三天后，证券交易所筹备小组的牌子就挂在了国贸大厦的仓库门口。

此时，王健他们又参考了港台证券交易所的法律法规和章程，同时借鉴了其他国家比较适合深圳实际的一些法律法规，把它们结合起来，形成了一套法律法规草案，他们称它为《蓝皮书》。

他们克服了巨大的困难，在半年内就完成了管理模式、管理法规、交易程序、作业流程以及市场规划等方面的工作。

在《蓝皮书》里，他们就草拟了40多个法律法规。他们参照香港地区、台湾地区以及美英的交易法规，在其基础上提炼、整理。当然，这也要与中国的国情相联系。最后，他们写成了3本书。

由于他们编撰的时间比较仓促，也因为参考的书目比较多，使得编写出来的文字真有点南腔北调的味道，有港味的，有台味的，还有国外的，显得有点凌乱。

但不管怎么说，它们奠定了深圳证券交易所最初的、必要的法律法规和规章制度基础。

此时股市的管理机构是中国人民银行，从1990年《蓝皮书》编成，到1991年7月得到中国人民银行总行、国家体改委、国有资产管理总局联合批文的下达，经历了一年半的时光。

筹备工作真是一步一座山，处处有劫难。

然而，他们就是在这样的条件下，硬是在要什么没什么的环境里，在短短几个月内，于1990年5月份将深圳交易所的筹备工作准备完毕，只待上级一声令下，交易所便可进入正常运作。

一听说办"股票交易所"，有人立即描绘了一幅幅自杀跳楼的可怕场面，资本主义赌博、大鱼吃小鱼之类的恶言恶语不绝于耳。

深圳人民银行提出叫"交易中心"的代名词，理由是因为怕"交易所"3个字不好批。

但是作为市委书记的李灏并没有含糊其辞。

1989年11月15日，深圳市政府还是批准了筹备组送交的报告，并明示叫"深圳证券交易所"。

这一点足见市领导的决心：

按国际规则打球。

有了市政府的指示，筹备组加快了脚步积极准备。到 1990 年 5 月，交易所的店堂装修一新，人员培训按部就班，进展顺利，并在指定时间里完成了培训，应该说万事俱备，只欠东风。

恰逢此时，人民银行总行金管司司长前来深圳视察。在参观深圳证券交易所之后，他说："可以先转起来，先在我那儿备一下案。但你们必须要改个名，叫'深圳证券交易市场'比较好。"

为了能够顺利地早日开业，交易所筹备组只得考虑更名再报！交易所筹备组以往起草的文件又都统统改名曰"深圳证券交易中心"。

1990 年，上海把浦东开发的一揽子计划提交中央，其中把建立上海证券交易所也列了进去。冷不防在这些计划中加进个交易所，北京当时没在意。

上海一看没驳回，就加足马力赶紧干。1990 年 1 月，贺镐声到北京参加全国经济体制改革会议，会议期间，他跑到"联办"去游说，希望"联办"为筹建上海证券交易所助一臂之力。

5 月，上海与北京的"联办"合办了一个发展证券市场的国际研讨会。

10 月中旬，举办了一个更加具有针对性的"发展上海证券市场国际研讨会"。

这次会议遍邀了全球证券界的各路英雄。

在会上，朱镕基把18张真空电子股票赠送给这些国际证券界的英雄们。

1990年春，朱镕基在抵达香港时，他在一个记者招待会上不动声色地宣布：

上海证券交易所将在年内成立。

朱镕基把这话放在香港说，明摆着要说给隔岸的深圳听，就是想让深圳人着急一下。

确定交易所试营日期

1990年11月,上海首先打出"上海证券交易所"的旗号。深圳证券交易所筹备组也积极响应。

禹国刚后来抱怨道:"老是在我们准备要开的时候就放出一股风来,说北京说了不能开。说真话到今天为止,我都不知道北京谁说不能开。但是由于上交所在报纸上讲出去了他们要在1990年12月19日开业,有他们在前面这一冲,我们后边很多事就好办了。所以后来遇到很多事,我当时爱用的一句话是:'要打板子,上海、深圳一起打,各挨50大板。'他为什么能弄?我为什么就不能弄?而且讲得很清楚我们是改革开放的试验田嘛!"

于是,王健再一次找到市政府旧题重谈。筹备组认为言之有理,并且事情已经有了先例,上海在先,市政府当然同意。于是,交易所的名字在千回百折之中,磨砺几个月,才算得出这样的大号。

起名一事尚且如此大费周折,开业之事更难!

1990年5月,深圳股市突然上涨。王健他们请张鸿义副市长与主管机关领导光临现场观摩电脑演示。如果此时交易所一开业,那么深圳证券市场首先进入完全的电子化时代,这无疑宣告了一切幕后交易的终结。

张鸿义看完电脑方案及演示说:"看来深圳人并不

笨。"随后对主管机关的领导说："是不是就让他们来做吧？"

王健觉得，在电脑交易正式推出之前，一定要制定出一部有关电脑操作的法律条款，于是一部《电脑辅助交易办法》应运而生。

洋洋万言的《电脑辅助交易办法》，是新中国证券史上的一座丰碑。按照这种"高技术"法规，过去柜台交易中的不法行为再无可乘之机。

《电脑辅助交易办法》还在讨论之中，便又一次成了众矢之的。按说证券公司和证券交易所，应同是股票市场的重要组成部分，然而这次首先发难的就是那些证券公司。白热化的争执，隐隐地告诉人们，这两者之间存在着激烈的冲突和矛盾。

一个要管，一个不让管，矛盾自然就形成了。官司打到主管机关，"意见不一""由简到繁""先易后难"。没办法，将《电脑辅助交易办法》打入冷宫，坚持要手工操作。

这一举动，在深圳股市的上空画出了一个巨大的问号：深圳是不是一个诚实的市场？人们不敢肯定！因为手工操作无法保证股票市场的诚实，公平、公正、公开的原则可能会再度遭受蹂躏。那么主管机关某些人的用意何在？不得而知。

令人感到遗憾的是，电脑方案最终胎死腹中。电脑的运用，并不能用简、繁概括它的意义，更没有难、易之分。

一旦电脑方案真正上马，受损最大的就是那些黑幕中的股票掮客，幕后交易也会遭到重创。电脑只认程序，只要程序合理，符合"三公"原则，它是最能保护正当交易、最不易出错的高技术手段，但居然因为那一纸批示而束之高阁。

后来，上海股市借用了深圳率先提出的"无纸化"经验，而且取得了可喜的成功。深圳的"婴儿"，居然出生在上海！王健在愤怒之下又写文章，质疑交易所的先进技术作用被严重低估与践踏。

1990年，王健他们的电脑交易系统出台，本来说5月13日开业，不久便成了泡影。开业不得不改成试业，时间定在8月18日。

1990年9月，领导批转的一封群众来信在高层传阅，大体内容是：

> 现在深圳资本主义泛滥，党政干部统统烂掉了，再发展下去要造成严重的社会问题，不知道要有多少人跳楼。

关于此信，在领导中有人赞同，也有人认为需要调查研究。关于股市姓社还是姓资的争论，还是造成了深沪股市从大涨到大跌的波动。

到了试业就要开始的前几天，主管部门又打出"北京"的旗号，说"北京"不同意开业。

"北京"不同意开业，深圳市政府一点办法都没有，因为交易所受命于人民银行。开业问题再次流产，不得不另改时间，又推到了 10 月 13 日。

又是在开业的前几天，某行长亲自到北京汇报情况，汇报内容已经无从考证了，等他南归深圳之后，10 月 13 日的开业计划又被扼杀了。

1991 年 11 月 20 日，王健突然接到北京"联办"总经理王波明的电话。他说："老王啊，你们第一个筹备的，可是人家上海交易所已经被人民银行正式批准了。你们要加把劲了啊！"

王健核实之后，越想越觉得不对劲。此时深圳只有几家上市公司，如果上海先开业，两地加起来十几家，那还需要深圳交易所成立吗？

于是，他不得不再次越级向市委书记李灏汇报，要求尽快让交易所进入工作状态，否则深圳证券交易所将难以出世！

李灏书记听完汇报，拍案而起。其实，他比谁都急。

1991 年 11 月 22 日，深圳市委、市政府的主要领导李灏、郑良玉召集有关方面人员专门听取"交易所筹备组"的汇报。

趁书记、市长等主要领导都在，王健再度重申事情的严重性。

禹国刚在汇报交易所的筹备情况时，还当场进行了演示。

他们一边演示，一边介绍说，现在一切就绪，完全可以开业。电脑的显示屏不停地出现着各种数据。

最后王健汇报说："经过我们交易所集中交易，既规范，又能克服许多弊病。如果实现了自动撮合、自动过户，大量的人为搞鬼便没了机会。之前有些问题，原因就在于这两个环节一直是被人用手工操作。如果这个操作再有一点儿私利混杂其中，搞鬼岂不是举手之劳？"

直至此时，深圳市政府主要领导才知道股市混乱、交易所迟迟不能开业的症结所在。如今又看了他们的现场演示，市领导心里也有了底：

股市不能再这样乱下去了！

李灏与郑良玉说："今天就是拍板来的。"

聪明的禹国刚见状，觉得时机已到，再不能放过这次机会，于是，他马上表示："只要你们敢拍板，我们马上就能开业。"

李灏与郑良玉听了十分高兴。

主管机关一位领导却不冷不热地说："北京没批，能开吗？"

在场的人都听出话中有话，柔中有刚。空气顿时变得凝重起来。

禹国刚立即接过话题："深圳的证券市场乱到目前这

种程度，原因就是证券交易所没有尽早开业，我们如果现在把交易所运转起来，把全市交易集中起来管理，现行股市上 70% 至 80% 的弊端，我们保证把它干掉。但如果交易所还不能运转起来，乱到最后不可收拾，北京可要找你们算账喽！是不是这样？"

"深圳股票黑市已猖獗到《人民日报》发情况汇编，审计署发《调查报告》，不是北京不批准，是北京不放心。同样上海也有股票交易，却很平稳，北京对上海很放心。"王健也说道。

"你们能不能开业？"李灏书记急切地问他们。

"你们今天能拍板，我们明天就开业。"

"那好，12 月 1 日开业。还是准备得充分一点儿好！"李灏说，"上海定在 12 月 19 日开业，我们比他们早 18 天。"

李灏最后决断："此事今天就拍板定了！以后不再开任何会研究！"

王健和禹国刚激动万分！兴奋之情溢于言表。

就这样，12 月 1 日成了深圳交易所上上下下日夜企盼的日子！

二、开始营业

- 股民们在政府出台了涨跌停板制度之后,只产生了片刻的惊慌,随即就处之泰然了,股票从此以每天1%的速度继续上涨。

- 江泽民回到北京后,又做了进一步调研,最后决定:继续试点,但暂时仅限于深圳和上海两个城市。

- 王健和禹国刚很早就到交易大堂,在开业之前,检查一下最后的工作。证券商的出席代表们都穿上代表衫,一个个全来了。

黑市促使交易所加快建立

股市狂飙,自然引起有关人士的深深忧虑。金融界、企业界的专家们面对深圳股市的虚热现象,纷纷写文章,发表谈话,接受记者采访,同时还召开大大小小的座谈会。

1990年8月8日下午,有关方面在深圳市迎宾馆举行了一次题为"深圳股市与深化企业改革"的座谈会。出席的专家、企业家、市领导和体改委的研究人员,对股市的"过热"现象表示了忧虑,不过多数人认为深圳尚未出现少数人操纵股市的现象,理由是调查中还没有发现持股超过总股本5%以上的个人大股东。

同时,深圳市计划局财经处在纲要式的报告中至少是半官方式地对1990年上半年深圳股市做了总结性判断。

报告写道:

> 深圳股市在经历了约两年的停滞以后,自1990年春开始走向操纵与投机相交错的阶段。这个演进过程符合股票市场从停滞到高涨再到成熟这一阶段性发展的一般规律,由此看来是正常的,其股票热也是必然的。

但另一方面，深圳股市过早地跨进了操纵与投机阶段，且热而不熟，皮焦肉生，国外股市发展一般均有较长的停滞时期，发展中国家更是如此。深圳股市热度在短期内过分脱离企业营运状况，且超前于整个经济的金融增值的进程。

这份报告可以说是对场内交易的肯定，对黑市的否定。然而场内只是零星交易，而真正的市场却在黑市，所谓的"过热"也是指黑市。

虽然深圳市政府把涨幅压低到每天不得超过1%，然而这根本改变不了僧多粥少的局面。

谁都想一夜致富，股民们在政府出台了涨跌停板制度之后，只产生了片刻的惊慌，随即就处之泰然了，股票从此以每天1%的速度继续上涨。

从1990年6月底到10月底，深发展从24元涨到62.32元，涨幅竟达159.67%；万科从7.50元涨到17.19元，涨幅也达到129.2%；金田从81元涨到215.30元,涨幅165.8%；安达从8元涨至20.89元，涨幅161.13%；原野从52元涨到143.40元，涨幅更高达175.76%。

各地炒股者闻风而动，纷纷涌进深圳。那些在场内买不到股票的人，自然就到场外去寻找猎物，这就造成了场外的需求量急剧膨胀，而手持股票者自然不愿意以场内价抛出，这就导致黑市的成交额数倍甚至数十倍于场内的成交额。

由上可知，造成黑市猖獗的主要原因在于供求关系的不平衡。在这种情况下，取缔黑市的真正办法是要靠大量股票的上市，然而面对全国一哄而上地进行股份制改造所导致的混乱局面，1990年6月中旬，国务院不得不在批转国家体改委有关"向社会公开发行股票的股份制改革不再铺新点"的文件中，明确作出批示：

> 向社会公开发行股票的股份制，主要是完善已有的试点，不再铺新点。

这就决定了大量发行股票已经是不可能的事，供求矛盾一时难以解决。

在这个文件下达之后，明眼人就清楚地预计到上市公司股票的短缺性与垄断性只会与日俱增，第二波黑市狂潮将是无法避免的。

毫无疑问，扫荡过后，黑市又将死灰复燃。

深圳的股市专家们当然也知道这是两难的境地，也知道火山喷发的可怕，但他们可做的只能是加紧拓展市场，增加交易点。

当时深圳的证券商迅速发展到12家，营业点扩展至16个，证券从业人员也达到了400多人，但供求失衡的情形仍然令交易者不堪忍受。

6月份扫荡黑市之后,购买股票的人必须凌晨1时到证券公司门前排队,等待编号。有了编号之后,再从下午18时起排队到第二天早晨9时,排上16个小时,忍受3次点名查编号,才换来一张委托单。

并且这还只是获得了买到股票的"可能性",因为还得看有没有人在场内的涨停板抛出股票,这情形真是难于上青天。

在买进股票如此困难的情况下,要想真正不让黑市抬头几乎是不可能的。

政府扫荡黑市的攻势刚刚过去,面对场内每天1%的涨幅,股民们再次难以抑制激情,深圳的黑市交易很快就再次抬头了。

从1990年11月2日《深圳特区报》发表的一篇题为《堪忧的黑市股票交易》的文章中,我们可以清晰地看出,黑市以更迅猛的势头重新占据深圳的每个街头,对股民来说,管他黑市白市,只要能买到股票就是好市场。

这种毫无规则可言的黑市交易给社会带来了极大的安全隐患。

1990年10月21日,香港的《天天日报》发布了题目为《股票凶案震动中央,派员南下深圳调查》的长篇报道。10月31日,由深圳司法部门主办的《深圳法制报》公布了案情的真相:

10月17日，某单位民警潘红兵，伙同某村保安员何伟强，对机关干部诈称有深发展的股票要出售给他，许某对此深信不疑，除了准备自己购买一部分外，他又找了数名买主，于当夜在许家进行交易。

不曾想，潘红兵在拿到34万元现金后，突然拔出"五四"式手枪，当场将许某击毙，之后，他与何伟强将其余5人绑架，匆忙驾车逃窜。

在逃跑的路上又遇到一拖拉机与其争道，潘红兵一怒之下，用石头把拖拉机手砸死，继续逃窜，因为慌不择路，导致车子翻覆，被绑架的5人侥幸得以逃脱，直奔公安局报案。

18日，潘红兵被公安人员抓获，19日，处于穷途末路的何伟强投案自首。

这就是1990年震惊全国的深圳"10·17"凶杀案的过程，在报纸报道的标题下面，还打着"提醒市民注意：切忌黑市交易"几个字。

这起内地首例"股票杀人案"再次昭示取缔黑市的紧迫性，不取缔，黑市交易将成为深圳社会问题的制造源。

没有股票就没有股票黑市，但不能因为有黑市就不要股票。任何事物都有两面性，不能因为负面效应就不改革，就不要新生事物。

股票使深圳似乎有陷于大乱的感觉，但中央领导却没有取缔深圳股市的试点，这点是非常英明的。

1990年11月，江泽民来深圳参加特区10周年庆典。面对股市的狂热，江泽民约见刘鸿儒谈对股市的看法。刘鸿儒认为股市不能夭折，这影响太大了。

刘鸿儒在调查之后，对江泽民说：

> 请您相信，我们这些老共产党员不会在中国搞私有化，我们会有办法找到一条适合中国国情的社会主义市场发展道路。
>
> 当然，我们没有经验，也许会走一些弯路，但不要轻易地给我们戴上走资本主义道路、搞私有化的政治帽子。
>
> 否则，谁都没有办法搞改革实验。

江泽民回到北京后，又做了进一步调研，最后决定：

> 继续试点，但暂时仅限于深圳和上海两个城市。

所以深圳的股市试点，虽然引发了一些社会问题，但这只是一个事物的反面而已，试点还将继续。

在1990年8月以前，中国股民还不知道什么是真正的空头，因为没有产生过能与多头力量抗衡的做空能量。

在几次小小的波动中，所谓的空头，只代表着第二天的踏空而已。

做空者似乎永远面对庞大的买不到股票的大军，做空在股民看来是根本不可能的事。所以此时的股民根本不知道什么叫风险。

《深圳日报》的一位记者采访某老汉："股价这么高，你不怕跌下来？"

"怕啥？"老汉毫不犹豫地回答，"天塌下来，有政府顶着，共产党咋会让老百姓遭殃？"

这种心态就是当时不少股民的真实写照。

然而事实情况是，此时的政府已经在坚决走改革开放之路，政府只是市场的管理者，而不是市场的操纵者，更不是股民的保姆。

此时统管深圳金融的副市长张鸿义在北京接受了记者的采访。

当记者问道："国外股市在发育初期都经历了崩溃阶段，才走向成熟。深圳股市有可能例外吗？"

他沉默了片刻之后才回答："现在还很难说。"

记者从这句"还很难说"里面明白了张鸿义对股市的深深忧虑。

1990年8月中旬，传闻政府将加大对黑市的打击力度。

8月18日，市场突然出现煞有介事的小道消息，称市政府将采取更加严厉的措施抑制股票价格的上涨，并将对股票收益开征 20% 的个人所得税。

一批股东对此产生了恐慌，迅速抛售手中的股票，可是长期买不到股票的人，却表现得比他们更有热情，奋勇接盘。

8月19日和20日成交总额骤增至1500万元，创下了深圳股市开市以来的最高纪录。

8月下旬，深圳股市展开了有史以来的第一次多空大搏杀，几天来抛盘汹涌不断，但是接盘的力量更加巨大，毫不犹豫地吃进了抛出来的股票，结果在累计成交额达到1.39亿时，多方赢得了胜利，5只股票最后统统封死涨停。

11月，国务院召集财政部、国家计委、中国人民银行、税务总局等11个部门举行了联席会议。

在对中国股份制改革进行肯定之后，把打击黑市股票交易提上了议事日程。

会议明确指出，过去为刺激群众认购股票，以市委书记带头的党政干部认购股票的"历史使命"已经完成，现在同样要党政干部带头，把股市过热的现象扭转过来。

伴随着国务院会议精神，11月15日，深圳市政府再次忠告股民，股票投资风险自担，入市抉择务必慎重。

16日，深圳市政府明确规定，不准机关干部以及证券管理和从业人员买卖股票，并对党政干部手中持有的，为本人名下的股票实行冻结，尤其是处级以上干部买卖股票的，将被严肃处理。

从动员到禁绝，自古为官者不当与民争利，这也表明了深圳市政府打击黑市的决心。

这些政策的出台，使黑市开始动摇了。11月初，黑市上股价就有所波动，已非一如既往地直线上升了。

从11月14日开始，黑市股价开始一路走低，因为黑市不受停板制度的制约，所以到了11月24日，累计下跌了40%，高于场内一倍左右的黑市股价，这时接近了场内的挂牌价。

与此同时，长期"有行无市"的场内交易柜台也有了交易，成交量从几百万元激增至几千万元，最后超过了亿元大关。

黑市遭扫荡，"白市"冒狼烟，股民的狂热不肯就此偃息，一场比8月份更加惨烈的多空大搏杀，正在小小的交易柜台前展开。

1990年11月20日，是深圳股市创建后多空搏杀最激烈的一天，也是从疯狂炒作到股灾的历史性转折点。消息灵通的中国第一批大户们大量进场，狂抛股票，一张张数额巨大的卖单，以飞湍瀑流、滚沙转石之势奔泻。

很显然，第一批暴发的股市"大鳄"们要兑现利润了。然而无知无觉的中小股东毫不畏惧，奋力接单，他们以一当十，寸步不让，你抛我吃，最后，中小股东们硬是顶住了"大鳄"们的巨大抛盘，扛住了股价。

然而能看清楚政府想让股市降温的股东，也看清了这次多方注定失败的命运。

在多方胜利的第二天，即11月21日，深圳市政府再次出台政策，将原来规定每天涨幅不得超过1%，下跌不得超过5%的停板制度，作了进一步调整：下跌依旧5%，上涨改为不得超过0.5%。

此时，政府的意图更加明显：股价一定要下跌了。与此同时，又推出一项新政策，把只对卖方征收6‰的印花税，改为对买卖双方同时征收。

但抱着政府只打击黑市，不会让场内股价下跌这一幻想的多头股民们，在场内继续奋力托盘。

11月26日，"五朵金花"中的3朵开始凋谢，万科、安达、原野未能敌住抛盘，股价开始不断下跌，多方退守金田与深发展，进行宁死不屈的抵抗。

28日开盘后，空方集中火力狂攻金田，金田在焦土般的炮火中失守。多头抱定决心，奋力推升深发展，进行殊死肉搏，这是多方最后一块，也是最重要一块阵地。

当天多方斩获深发展24.5万股抛盘，终于保住了龙头股，赢得了崩盘前最悲壮的一次胜利。

但其余4只没有多方坚守的股票，10天中市价损失4个亿，这无情地动摇了多方的意志，胜败已定，多方已经不能避免失败的命运。

10天之后，多方终于力竭而降，股市在空方的进攻下跌停。中国股市第一场多空搏杀就此结束了。与此同时，一个把股票视为聚宝盆的幻想时代也就此结束了。

多方的此次失败，使得股票的黑市交易暂时受到沉重打击，但还没有从根本上解决问题。

交易所开始试营业

1990年11月22日到12月1日，不过是短短的几天时间。

这几天在历史长河里，不过是几朵难以辨清的浪花，转瞬即逝。然而对交易所筹备组来说，这几天是那么艰难、漫长，并不比前面的几年好过多少！

过去一些证券商因为没有监督，靠黑市交易、黑过户坑害股民。交易所一旦开业，无异于宣判幕后交易的死刑。一些不法证券商将遭受重大损失，这可是切肤之痛。于是，个别证券商暗中勾结，开始密谋不轨。

在此之前，王健就知道他们这儿有猫腻，因为当时就知道他们在发财。王健的邻居就是证券公司的，他就跟王健说，他们有个行长，给来了个一拍500万，说一个月之后要拿1000万。

他们互相勾结进行炒作，今天把股票炒到100块，明天又给你打下来打到20块，然后他们就开始从中赚取差价。

筹备工作开始后，王健发现，当时市场的混乱局面比他想象的要严重得多。

1990年12月1日，这一天终于盼来了。交易所的人们经过历时三年的艰苦工作和焦虑的等待，终于迎来了这一天。

王健和禹国刚很早就到交易大堂。在开业之前，他们检查一下最后的工作。证券商的出席代表们都穿上代表衫，一个个全来了。

快到9时，就要敲响交易所开业的钟声了，交易所的全体员工兴奋之情到了极点。

然而，王健却发现了一些异样的气氛：一些证券公司的出席代表无精打采。到场的领导很少，最高的领导只是深圳资本市场领导小组副组长董国良。他心里隐隐地罩上了一层阴云。

9时终于到了，虽然一个个问号还在他心里不停地闪现，但这毕竟是历史性的开端。

王健拉响了钟声，这是他盼望已久的声音，这是他们为之奋斗了几年的声音，也是新中国证券交易所的开市第一钟。喜悦之情在王健和禹国刚以及交易所全体员工的脸上流动着。

按常规，钟声响过之后，总会是一阵激烈地争抢价格，以争得客户。但第一天试业的深圳股市，却一反常态，钟声已响过好长时间，交易所仍冷冷清清，居然没有委托电话打入。

这时，国际基金部一位经理突然出现在交易所。国际基金部也是证券商之一，它的经理亲自跑到交易所，可真是件不寻常的事情。

按理，在交易所营业时，除本公司的出市代表之外，任何证券商不得进入交易大厅。

来人顾不得那么多，因为情况紧急，他匆匆拉上王健和禹国刚到一个角落说，"我告诉你们，'老三家'昨天已经密谋串通好了，今天准备给你们来个'空市'，让你们头一天就出师不利，第一天就让你们一笔也成交不了，开市就是白板。"

王健这时才明白了为什么刚才有些出市代表的表情异样，原来有人捣鬼。

"都是谁？"王健急切地想搞个明白。

"你先别问了。你们赶紧准备吧。不过你放心，我会让我们的出市代表做几笔的，绝不会让你们第一天开业就空市。"

禹国刚听到这个消息，肺都要气炸了："他们这是明摆着把个人私愤发泄在股市上，真是一群败类！"

"不能就这样让这群人的阴谋得逞。一定要拿出对策。我们绝对不能在第一天造成空市，只要在第一天能有一笔成交，那就是交易所的胜利。"王健说。

于是，他和禹国刚立即决定，分兵两路。王健先派人到各证券公司，暗查一下有没有报单；另一方面禹国刚亲自用车将人民银行的头儿请来，听听主管机关是什么处理意见。

不多时，人民银行的两位处长被接到了交易所。"如果是这样，我们就处分他们！"两位处长当即表了态，声音很坚定。

整个营业日，直到收盘，交易所都没有收到参与密谋的那几家证券商的一笔委托。

据交易所的调查结果显示，这一天这几家证券商都接到过委托，但就是不往交易所报。

这一天，只有国际基金部在交易所做了几笔。

不管怎么说，交易所开业首日总算没有"空市"。虽然全天仅仅成交了5笔，但是王健他们觉得这足以表明，正义的力量是打不败的。

既然几家证券商之间的密谋已成事实。王健再度来到主管机关，要讨个公平。两位处长却面露难色地说："处理他们，还得和主管行长商量。算了吧，下不为例。"

虽说空市没有造成，但是酿造丑闻者并没有得到应有的处理。此后王健他们也没有再追究。

深圳发生第一次股灾

1990年底到1991年初,深圳股市遇到第一次股灾,这也是新中国证券史上的第一次股灾。

包括缺乏经验的深圳管理层在内,谁都没有料到1990年11月下旬的多头惨烈失败会酿成一场股灾。这一年,股市的狂跌与深圳的冬天一起降临了。

到12月中旬,深圳股市每天以5%的跌停板速度,不带喘息地连续下挫,成交金额从上千万元萎缩至30多万元。不要说黑市交易消失得无影无踪,就连证券公司小小的柜台前亦可罗雀。

面对如此疯狂的下跌,12月13日,深圳市政府采取措施,不得不把每天5%的跌停板改为2%,然而依然无济于事。

香港《文汇报》对此惊呼道:

深圳股市在迈向股灾的边缘。

1990年的最后10天,股价平均下跌10.74%,股票市值损失达6.4亿元。

如此凶猛的下跌,对缺乏管理股市经验的深圳市政府来说是始料不及的。

1990年12月下旬，时任深圳市市长郑良玉、主管金融工作的副市长张鸿义，市证券市场领导小组负责人，相继在公开发表对股市前景的看法时指出：

> 国务院领导同志再次明确支持深圳、上海继续搞好证券市场和股份制试验。
> 　　因此，那种对深圳股份制、证券股票市场的悲观情绪，是没有根据的。

深圳的股民们抱着对领导讲话的信心与希望，抱着旧欢新怨迎来了1991年的元旦。

1991年元旦，市政府出台令股民振奋的举措，把每天2%的跌停板，改为与涨停板一样，统统是0.5%。

同时，张鸿义副市长专门召集深圳5家上市公司负责人开会。明确向他们表态，上市公司的这次年终分红，应该继续保持政策的连续性。

很显然，政府从关心股民的利益出发，希望通过分红派息，让股民得到可观的投资回报，来促使股市止跌企稳。

紧接着，为深圳股市作出过巨大贡献的深圳党报《深圳特区报》又来了一个创举。

该报在第二版开辟了《股市纵横》专栏，供经济界、学术界及从事证券业的专家议论股市，还特意开辟了一个《股民之声》的栏目，让广大股民发表意见，献计献策。

这可以说是中国报刊上第一次开辟专门的股市栏目。

于是深圳的专家学者们对深圳是不是陷于股灾进行了热烈讨论。

这时的专家们还只能套用"国际惯例",按国际上股价跌去30%作为股灾的标准,连续40天跌势的深圳股市,场内价已跌至股灾水平,而场外价早就是股灾了。所以专家们颇有信心地套用股市格言:

股灾之日,反弹之时。

他们认为深圳的股价跌到了谷底,反弹就在眼前,仿佛此时不入市,更待何时!

然而国际惯例和中国似乎没有关系。

1月2日是1991年的第一个交易日,一些股民怀着对市领导讲话的信心和对专家们的信任,鼓起余力,奋勇入市,多空开始了一轮新搏杀,一时间成交金额突升,从30多万升至700多万,在多头出其不意的突袭下,股价止住了跌停,一时间股市真的泛红回暖了。

然而第二周奋勇托盘者就纷纷断臂,5只股票的反弹仅仅是昙花一现,紧接着又连续6天撞跌停,成交金额降至300万元以下。

1月12日,5只股票中有两只没有下跌,没有跌的原因竟然是连一股也没有成交,连撞跌停的机会都没有,另有一只也只成交了 1 手。

1 月 28 日，在《深圳特区报》的《股市纵横》栏目中，有文章写道：

> 深圳股市在熊气弥漫中连喘息的机会也没有，上周股价继续下挫，每天以 0.5% 的幅度跌落。有人认为，按国际惯例，深圳"股灾"已近在咫尺，令人深感忧虑。

1991 年春节前，传出 5 家上市公司分红派息的消息，公司大都以股民最希望的送红股方式进行分红，接着各公司的业绩报告也纷纷公布，顿时证券公司交易大厅春意盎然起来。

龙头股深发展首先起跳，封杀涨停，带领其余 4 家公司齐步上扬。

当时有一家台湾电视台原本来拍摄深圳股灾凄风苦雨的场面，不料碰上的却是人头攒动、股价齐上扬的热闹景象，只得乘兴而来，败兴而归。

这是春节前最后一批入市抄"底"的多头勇士们，有了买家，息战已久的空头就有了对手，抛盘汹涌而出，成交量骤然放大。

2 月 25 日，在《股市纵横》栏目发表了一篇题为《吹面不寒杨柳风》的文章，读来令奋勇托市的股民满心陶醉：

春节前后又刮起了一股抛售风，其成交量之大，为近两个月所罕见。

然而，心理已得到适当调整的众多深圳股民，大智若愚，适时入市，购进了早已想买而又买不到的深圳发展银行股票，度过了一个祥和欢快的春节。

文章似乎预示着春节后必然反弹，对入市者的勇气与目光大加褒扬，但春节后不知什么原因，各公司的分红方案却迟迟不肯登台亮相。

多头动摇了，经过16天的波动上扬后，股价再次掉头而下，又开始了新一轮的连续跌停。

此后，深圳股市真正进入了漫长的黑夜旅途。

深圳股市持续走低

深圳1990至1991年的股灾，并没有使上海股市受到冲击，许多逃出股灾的深圳资金转而北上沪市，这一举动令沪市行情大涨。

这是中国股市有史以来，沪深两市唯一一次以牛熊相反的方式来演绎行情。

究其原因，要说当时炒股资金匮乏，恐怕不是事实。

据1991年9月统计，全国居民储蓄余额突破8600亿，如果算上手持的现金，估计在一万亿以上，这批资金相对股市来说太巨大了。

要说上海的"老八股"与深圳的"五朵金花"在利润业绩方面优劣截然，就更不是事实了。

虽然上海的上市公司的确业绩增长十分迅速，如飞乐音响截至1991年，资本回收率为141.5%，销售收入比1990年增长55.3%，利润增长61.3%，主要指标为7年之最。

但是，上海年利润在10%至20%的上市公司，是比不上深圳上市公司的。

1990年，拆细后的深发展每股利润为0.30元，金田为0.25元，就连较差的安达也达到了0.15元，也就是说，深圳上市公司的年利润在15%至30%之间，平均水平高于沪市。

同时深圳上市公司一开始就以深发展为榜样，乐于向股东派送红股。

如1990年，深发展10送5；而上海的上市公司却没有这个习惯，像真空电子是上市公司中资产增值最快的，至1991年4月，资产已升了7倍，但从来没送过红股。

从业绩与分红上说，深市比沪市更诱人，显然二者不是导致沪市走"牛"而深市走"熊"的原因。

真正的原因恐怕还是股民的心理不够成熟。

深圳股民的心态还没有达到郑良玉所说的连死都不怕，更不怕股价下跌的境界。而是兵败如山倒，墙倒众人推，但是这也不能说明上海股民的心理素质就比深圳股民更成熟一些，更理性一些。

1990年12月9日至1991年6月10日，上海累计证券成交额越过30亿，其中股票成交3.22亿元，日均交易额280万元，最高日近1600万元人民币，创上海股市纪录。

1991年4月1日，上海证券交易所首次公布8只股票的市盈率，意在提醒股民风险的来临，可上海股市有风无险，股价天天创新高。

与上海相比，深圳的成交量却在一天天萎缩。

这种萎缩已不是没人抛出而是没人买进，事情出现了相反的情景，半夜排长队买股票转换成了半夜排长队抛股票。

1991年春节以后的深圳，人们每天都能看到，在凌晨一两点钟，证券公司门前股民们排着长队，站在寒风中瑟瑟发抖，等待八九小时以后开市，以便能第一个进场，抛掉手里的股票。

据当时证券公司对某天成交笔数进行统计，每天证券公司全天平均成交笔数为0.7笔，也就是每个交易柜台，一天成交还不到一笔。

即使半夜来排队，排在第一个，也不一定抛得掉一笔，这还得看交易员下单的速度。

在黑夜的寒风里，股民们默默地排在那里，忍受着中国股市最惨痛的时刻。

每天看着股价下跌0.5%，就是抛不掉。有人已经排了一个多星期，却一股也没抛掉。

在排队的股民中，有人下定决心，这辈子再也不炒股了。

事实证明，春节前入市的股民是最后一批被套者，并非如报纸上所宣扬的，这些抄底的勇士是什么大智若愚，实际情况正好相反。

不过这些春节后入市托盘的股民，使深圳股市经历了整整16天的波动上扬。

但不知为什么上市公司1990年度的分红方案迟迟不能出台，这给了托盘勇士们最直接的打击。

16天之后，托盘者们纷纷开始撤退，股价再一次掉头而下。

3月底，5只股票比1990年底又平均下跌23.65%。

从数字中可以看出，股票的下跌是股民们思想产生了意想不到的变化：

深发展从70.11元跌至61.49元；万科从16.06元跌至13.26元；金田从19.50元跌至14.77元；安达从20.40元跌至12.43元；原野从18.30元跌至13.69元。

1990年第一季度总成交710.93万股，成交额萎缩至2.04亿元。

1990年6月24日，宝安公司上市和扩股公告前一天，安达股正逢分红扩股方案出台，这只习惯于默默随大流的股票出现了难得一见的反弹。

不料宝安公告一出，安达一下子出现15万股以上的抛盘，把这只小股票打得再也难以爬起来。

宝安开盘在3元以上，使得在地摊上买进的股民颇感安慰，可手上那些高价买入股票的人们并没有丝毫的慰藉。

当深圳指数在50点以下运行，最低跌至43点时，股民们的绝望情绪如瘟疫般在股市里弥漫。

被深套的股民寝食难安，100多元买进的深发展，现在只剩下15元了，而且每天仍以0.5%的速度下跌着，最低时只有13.70元。

最惨的属安达，跌幅高达93%，连续9个月的跌停，6只股票的市价总值已跌去七八亿。

如果是以高于场内一倍的价格买入的，那么损失最惨的就在95%以上。

投入一万元的股民，普遍望着场内股价，计算着这一万元投资股票现在连500元都没人要，那份绝望是可想而知的。

股民们都急疯了。

各上市公司纷纷采取对策

1991年4月,"中国股票市场发展研讨会"在深圳隆重召开,参加会议的中国人民银行及国家体改委的领导们要求深圳、上海两地的股票管理机构积极稳妥地推进股份制试点,认真解决试点中出现的问题,创出一条有中国特色的股市之路。

原本这是一条利好消息,可经历了几次入市被套后的深圳股民,已没人敢站出来当"拼命三郎"了。

重创后的股民们对利好消息麻木了,现在他们把所有的希望都寄托在了上市公司的分红上了。分红才是实实在在的利好,仿佛只有这种实在才能使股市结束下跌,起死回生。而股民对分红企盼目光又大都集中在了龙头股深发展上。

这种企盼是比较现实的,因为在此时的5家上市公司中,深圳发展的利润稳居头把交椅。根据其1990年财务报告可知,5998万元的股本金带来了7087.5万元的可分配利润,以国庆节前的股价计算,市盈率仅为13倍。

1991年3月3日上午,深圳发展银行在深圳寰宇大酒店三楼宴会厅召开1991年度股东大会,董事会向股东大会提交的分红方案令股东们大为不满:每10股送4股,并且每股派发0.30元现金。个人股东对这个方案感到非常失望，他们认为深圳发展银行利润这么多，至少也应该"10送5"，尤其是那些高价买入发展的中小散户们，在长期被套、损失极为惨重的情况下，更是憧憬着"1送1"。

但法人股东对这个分红方案没有提出反对，在深圳发展银行强调要妥善处理各方关系、强调长远利益后，法人股东纷纷表示理解，最后的投票结果是董事会的分红方案获得了93%的赞成票。

这是一次令中小股民大失所望的会议。不欢而散的中小股民周一开盘就发泄不满，深发展抛盘剧增，股价下行，瞬间跌停。

4月8日至13日，深发展连续6天下跌不止，其中4月11日竟然无人问津，单挂卖盘，造成一股都没有成交的尴尬局面，创下龙头股深发展上市以来零交易的纪录。

对深圳发展银行失望的社会股东们，这时把希望转向了税后利润仅次于深发展的万科公司。虽然万科不可能像深发展那样送红股，但股民们大都希望万科分红能高于金田公司，当时盛传金田将10股送3股，那么万科至少也应该高于这个标准。然而万科董事会拿出来的方案同样令股民失望，竟然是"10送2"。

万科公司解释说，并非是公司没有能力多分，而是因为万科是个按国际化股份公司的标准建立起来的规范公司，建立之初就制定了公司章程。

按公司章程规定，分配给股东的利润只能占公司税后可供分配利润的 40% 至 60%。

"10 送 2"的分红，已达到可供分配利润的 55.7%，若突破这个比例，势必要修改公司章程，而修改公司章程得召开特别股东大会。

中小股东勉强接受这个解释，可随后在配股问题上又引起股东们的争议。

1991 年 3 月，万科在召开的股东例会上，确定配股价为 3.80 元。然而到了 5 月份，董事会又擅自否决了这个股东通过的配股价，而提出每股 4.20 元的底价，在这个底价上，经过证券商的竞投来最后确定配股价，或许这也属于国际标准化做法。

券商们的投标结果是每股 4.40 元。当然这个价格与当时的市场价相比，仍高出一倍不止，还是颇具吸引力的。

但是万科公司居然采用竞价方式，擅自否决股东大会通过的配股价，这自然引起了一些股东的非议。他们认为万科的这种做法无视股东，严重侵犯了股东的合法权益。但是中小股东人微言轻，对此也没有什么办法应对。

股东们的不满尚未平息，万科公司又紧急召开特别股东大会，董事会向特别股东大会提交了定向发行 770 万法人股的提案，拟定向法人发行价略高于配股价。

虽然高于配股，可相对中小股东们在二级市场买入的股票，还是低许多，这 770 万法人股第二年自然要分享万科的利润，在股东眼里，这种做法当然又是一种侵犯股东权益的行为。

1991年7月，万科公司总经理王石宣布，1991年扩股一亿多元的工作顺利完成，说明配股和向法人增发股票都实施了，中小股东对此无能为力，最多也只能到二级市场用脚投票。

与此同时，1991年7月28日，深圳发展银行举行了第二次特别股东会议。

通过了曾经一拖再拖的1991年度增资扩股方案，会议还决定向股东以每股12元的价格实行配股，每10股配3股，另外向社会发行873万股新股，发行价为15.60元，同时还决定把优先股转为普通股。

在股价狂飙时，股东们对增发新股一点儿都不会在意，可是现在是处在股市长期下跌之后，股民们自然要斤斤计较了。

深圳发展银行自1987年成立后，1988年、1989年、1990年，几乎每年都在增发新股。虽然发行价15元多，可对于在二级市场几十元甚至一两百元买进套牢的股东，心理上就难以平衡，当他们把唯一的希望寄托在分红上时，又发现公司利润随时有可能被一些以发行价买入的新股东瓜分掉。

在深圳的6只股票中，金田公司虽然利润不高，可送起红利来最慷慨大方。

有的股民后来回忆：

1989年七八月间,正当深圳股市陷于低潮时,管理层建议上市公司派发中期股息,当时只有两家公司派发中期利息,那就是金田与万科。金田每10股送1股,每股派0.05元;万科每股派现金0.10元。当时并不在意这点分红的股民们自然不会为此特别关注金田。

而在1990年,金田股本为2104万元,赢利1149.1万元,每股赢利是0.55元,可分配税后利润为685.4万元,按照这个可分配利润,金田最多也只能"10送3",结果金田推出的分红方案虽然不是股东们最满意的,也算是不错的:每10股送2.5股,每10股配4股,并准备以26%的股息率先派发1991年股息。

同时金田又是1991年在深圳上市公司中唯一一家进行中期分红的公司。

1991年8月27日,金田公司股东代表临时会议通过了中期分红方案,第二天起就派发中期股息,每股派现金0.10元。

虽然不多,金田基本上还是把利润统统分给了股东,给股东留下了一个好印象。这个好印象使得在以后的牛市中,金田取代了万科排行第二的位置,成为深市的"小龙头"。

除了金田给股东们一丝安慰外,深发展、万科均令股东失望；安达公司的利润在深市中本来就最少，股民也没寄什么希望；宝安则刚上市；而原野的分红"只闻楼梯响，不见人下来"。

于是，本来可以通过分红令股市止跌的可能性被断送了，加上上市公司都没有按管理层的要求加快分红方案的制定与实施，反而一拖再拖，令股民心中的不满情绪日益加剧，分红的实施对股市起到什么样的作用就可想而知了。

深圳交易所正式开业

1990年12月1日，深圳证券交易所开业，成为改革开放后中国第一家运作的证券交易所。

但是，上海证券交易所也一直对外宣称它才是真正的第一家，主要原因是，深圳证券交易所的试营业没有得到北京的批准。

所以后来一直有人问禹国刚，上海说它是最早，你说你是最早，到底谁才是最早的。

禹国刚以打比方的形式来回答别人的疑问。

他说："我给你讲一个一分钟的故事，中国生小孩先要有计划生育的出生证，如果拿这个比喻，上交所先拿。1990年北京先批了他，1990年北京也同意我，但是我比他晚拿了几天，可是要讲小孩谁先呱呱坠地，我是1990年12月1日，他是1990年12月19日，我比他早18天，要给我补这个户口，也只能1990年12月1日算起，不能是其他的日子。"

禹国刚认定深圳证券交易所是1990年12月1日成立的。

但是没有得到上面的批准，就擅自行动，终究显得名不正言不顺，所以试营业第一天到场的领导很少，最高级别的也只是深圳资本市场领导小组副组长董国良，所以以这样的形式开业，确实显得有点寒酸。

于是，在1991年7月1日，深圳市建立证券交易所的申报批下来之后，深圳市就迫不及待地为交易所的开业补了一次仪式。

1991年7月3日，深圳证券交易所正式开业，这一天的开业典礼就显得比较隆重了，市委书记李灏亲自致开幕词。

万科在深交所上市

1991年1月29日，万科正式在深交所挂牌交易，代码0002，由此踏上了快速发展的征程。

万科上市不仅仅是万科掌门人王石的一种自我救赎行为，对于房地产行业来说，更是开创了一条做大做强的路径，由此树立了房地产企业走向规范化管理的标杆。

1991年1月初的一天，深圳蛇口菜市场笼罩在一片灰蒙蒙之中，还伴随着淅淅沥沥的小雨。

在若干年之后，孙璐还清晰地记得当天的若干个片断。

和菜市场的其他摊主不同，时任万科集团副总经理的孙璐跑到菜市场摆摊叫卖的商品是万科的股票。

孙璐后来回忆说：

> 当时我找到菜市场工商管理所的同志，人家都觉得奇怪，没听说过上这儿摆一摊位卖股票的。

就是通过到菜市场摆摊，万科一步一步完成了股票的推介认购。

1月29日，万科正式在深圳证券交易所挂牌交易。

相比后来的房地产企业的上市路径，万科 1991 年的上市之路显得较为原始而让人忍俊不禁。不过，在那个特殊时代的"赤脚"上市，对于万科来讲有着深远的意义，对于房地产行业而言意义更非一般。

"通过上市打通了融资渠道，万科建立了相对完善的公司治理结构，推动了其第一轮扩张，是万科发展历程中最为关键性的选择。"华本时代品牌顾问中心总经理周金旺如此评价。

更为重要的是，把万科上市放到房地产行业的发展历程中，万科上市的意义凸现出来。借用美国宇航员阿姆斯特朗在月球上踩下第一个脚印时说的那句注定永垂不朽的句子，万科上市是万科的一小步，却是房地产行业发展的一大步。

带点阴差阳错的戏剧味道，王石却由此一夜之间变成中国第一批股份制企业的总经理。

率先上市得益于万科最先完成股份制改革。据知情人士透露，万科积极响应深圳市政府股份化改造的初衷本来是想摆脱上级公司控制。

1988 年 11 月 21 日，深圳市政府批准万科的股份化改制方案，中国人民银行深圳分行批准发行万科股票，现代企业公司，即万科的前身，以净资产 1324 万元折合 1324 万股入股。

万科首次公开发行股票是在 1988 年 12 月，一共发行 2800 万股，募集资金 2800 万元。在那时，所有的股票只能在"老三家"的柜台交易。

万科股票的上市，也没有像后来那样在证券市场大屏幕显示屏上跳动、闪亮，而是出现在菜市场新鲜蔬菜旁，跻身于卖杂货的小摊上。那时的中国人，对那些钱生钱的虚拟概念，从内心深处也还存在着怀疑甚至是一定程度的抵触。

不过，正是利用这笔资金，万科得以高姿态以2000万元的报价，一举拿下威登别墅地块。按照2000万元的报价，万科拍卖的楼面地价已经高于这块土地周边的住宅产品的平均售价。

这种地价高于周边楼价的竞标在后来看来是一种司空见惯的现象，不过，在当时让万科团队的主流派视为"烫手山芋"，并曾一度建议毁约。

拍得威登别墅地块对于万科具有里程碑式的意义。1988年的深圳，开发房地产的门槛比现在还高：非建筑行业的企业要进入房地产开发领域必须通过招投标，拿到土地才批给单项开发权。此举让万科如愿以偿得到了一张进入房地产行业的高价入场券。

1991年1月29日，万科股票正式在深圳证券交易所上市。

从股份化重组到股票发行，从上市交易到市场监管，万科摸着石头过河，神经时刻为资本市场一系列复杂的规则而跳动。

万科的上市与此时的时代背景是密不可分的。1990

年11月26日，江泽民出席了深圳经济特区建立10周年招待会。

5天之后，深圳证券交易所开始试营业。深圳证券交易所获得国家的正式批文是在1991年4月11日，此时距离万科股票上市已经两个月了。

上市打开了资本市场的大门，从此接受过资本洗礼的万科开始频频和资本亲密接触，而在资本的指挥棒下，万科也开始起飞。

1991年6月，万科通过配售和定向发行新股2862万股，集资1.27亿元。

在一次研讨会上，王石和金田的创始人黄汉青在休息的时间谈到深圳的房地产市场，黄汉青从包里掏出一份统计表，以炫耀的口吻对王石说："大哥，你看我这么多项目哪里做得完，你要是有兴趣，可以分给万科两个项目。"

在此时，这位自称小弟的金田掌门人在协议拿地方面的本领要比万科高得多，两个公司的拿地能力是10比1，万科此时明显处于劣势。

这让王石感到如果再憋在深圳，就永远无法胜过金田。

于是，万科怀揣着这笔资金，来到十里洋场上海滩，成功开发了万科在上海的第一个项目，即上海西郊花园。艰难挤进上海市场，也开始了万科第一轮全国化的跨地域扩张。

1993年5月，万科成功发行4500万股B股，募集资金45135万港元。这笔资金对万科具有非同寻常的意义。

同年底，中国房地产行业经历了一段最为艰难的日子：宏观调控、银根紧缩，一直持续至1997年。

正是凭借这笔资金，万科在宏观调控银根紧缩时期，仍能保持稳健的成长。

1997年年中，基于房地产市场复苏的判断，万科增资配股募集资金3.83亿元，重点加大深圳市场的投资开发，一举奠定了万科在深圳市场的领先地位。

时任万科总经理的郁亮此后评价，每一次成功的资本运作，紧随其后的都是万科更快的成长和突破。

三、化解风险

- 深发展股价在放开之后暴跌,深圳证券交易所两位掌门人王健和禹国刚就不知所措了。

- 刚刚脱离生命危险的王健,每周悄悄溜出医院两次,到证券交易所巡视,望着跌势难止的股市,他绝望地思索着。

- 禹国刚心里何尝不焦虑如焚,他一边跑医院看王健,一边跑政府找市领导。

交易所打击黑市交易

1991年11月18日,深圳股市开盘后大户恐慌性抛售,出现自股灾结束后少见的狂泻,虽然深交所以技术处理进行托市,但收市时仍较上一交易日下跌32.7点。

大户夺路奔逃的原因,是从深圳交易所传出停止专户电话委托交易的消息,当时深圳约有200多个专户分别在5家证券部试办了3个月的电话委托大宗交易。

那时各证券公司还没有什么大户室、中户室,电话委托也刚刚开通,限量"供应",必须10万元以上才能申请,这就成为大户跑道顺畅的便利条件。

实际上,此次深圳证券交易所暂停专户交易,纯粹是技术上的原因,为了把股票从分散管理过渡到集中管理。

这无疑透露出这样一个信息:

深圳股票的无纸化交易马上就要实施了。

果然,1991年12月8日,深圳证券交易所和深圳证券登记公司发布《股票集中托管方案实施细则》,并以宝安股票为试点,开始实行股票全面集中托管运行。

到1992年3月19日,深圳证券交易所对股票进行全面托管，真正实现了无纸化交易。

随着无纸化交易的实现，中国股市股票像钞票一样从口袋里掏进掏出的时代结束了。

在股票可以摆地摊的时代，到底谁笑到了最后，只有股民们才知道。

而1992年3月19日以后入市的股民再也看不到股票是什么样子了。中国股票的黑市交易，在这一天真正画上了句号。

交易所参与救市行动

1991年8月,深圳股市自1990年12月开市以后,连续下跌达9个月之久,总市值损失达七八亿元之多。

广大中小投资者大多在1990年10月股价高峰期入市。例如,某退休工人,倾其所有,于上年(1989年)10月以每股250元购进深金田股票,此时,经拆细后仅值每股6.00元,相当于未拆细以前的每股60元,那情形简直是欲哭无泪。

同样的厄运也降临到深圳市龙头股深发展的广大持股人身上。深发展于7月30日拆细为每股29.54元,8月17日复盘,突然掉至每股10元。

市场一片恐慌,股市崩盘的危险迫在眉睫。

习惯于计划经济下过日子,却远未适应市场经济风险的投资人期待着政府。

没有一个国家的股市在产生疯狂暴跌时,政府会袖手旁观的,尤其是新兴的尚未成熟的股市,只是干预的方式各不相同而已。

比如,1929年10月24日,美国华尔街的"黑色星期四",1200多家美国著名企业的股价大幅跳水,于是美国国会出台了"涨跌停板制度"。政府既然遏制了无理性的狂涨,对无理性的狂跌岂能坐视不管?

此时，深圳证券交易所已经正式开业，上市公司 6 家，上市股票 5 亿多元。股民们会想，从股票市场建立以来，政府征收股票印花税及个人红利所得税超过 1000 万元，难道政府收了钱却在如此危难之机袖手旁观吗？

实际上当时深圳证券管理层与股民一样缺乏经验，与股民一样感到绝望，股票与股市对于管理层来说同样是新鲜事物。深发展股价在放开之后暴跌，深圳证券交易所两位掌门人王健和禹国刚就不知所措了。

直到 1991 年 4 月 22 日，5 只股票零成交，才使他们把救市提上市政府的议事日程。

1991 年 7 月 10 日，深交所召开救市会议。望着企业家们个个面露难色，深圳证券交易所总经理王健由于心情过度沉重和焦灼，竟与在证券营业厅望着深发展股价狂泻晕死过去的股民一样，猝然昏厥过去，被救护车拉走。绝望令他大面积心肌梗死，生命垂危。

病房静悄悄，股市静悄悄，仿佛股市与王健一样，都在静寂中与死神搏斗着。主管金融的副市长张鸿义 3 次到医院探望，市委书记李灏也到病房探望。经过整整 10 天的抢救，王健在医生的帮助下终于告别了死神。

然而股市呢？股市能战胜死神吗？股市靠谁来帮助战胜死神呢？刚刚脱离生命危险的王健，每周悄悄溜出医院两次，到证券交易所巡视，望着跌势难止的股市，他绝望地思索着。

一年半以前，即 1990 年初，王健和副手禹国刚几乎跑断了腿，磨破了嘴皮来筹备深圳证券交易所。终于熬到了交易所开张，面对的却是股价的一路狂泻。

为了救市，禹国刚还两次到电台进行安民演说，对市场上散布的政策利空进行澄清，还马不停蹄地找市长、投资公司、上市公司商讨救市良方，然而无济于事。难道深圳的股市就此完结了吗？

想着想着，王健意识到救市刻不容缓，否则深圳股市将面临灭顶。在病榻上，王健焦灼万分地对禹国刚说："应该把问题的严重性告诉市委市政府的领导，救市刻不容缓……"

禹国刚心里何尝不焦虑如焚，他一边跑医院看王健，一边跑政府找市领导。

那天他从医院出来，连夜驱车直奔各位市领导的家中，一家家地跑，一遍遍地说明形势的严重性，一位位地请求。用行政手段救市好像并不符合市场经济的原则，有些领导是有顾虑的。

"但深市是个才10个月大的婴儿，没有很强的免疫力，必须用一下特效药。"禹国刚急切地说。他的诚恳终于感动了市委领导，得到了"全权处理救市事宜"的"上方宝剑"。

1991年8月19日，深圳市政府面对严峻的局面，不得不召开各企业负责人会议商议如何救市，会议没有取得成果。

8月21日、23日、25日，市政府又连续三次组织企业家召开救市会议，可一提到出资问题，企业家们就一声不吭了，仿佛都有难言之隐。此时，企业家们与股民一样，谈"股"色变，所以他们怕自己拿出的资金打了水漂。

1991年9月2日，救市会议第五次召开，这次深圳市市长郑良玉亲自出马，在强调了救市的急迫性之后，郑良玉说：

> 希望大家能积极入市，我们现在股价已跌到了这么低，大家买回去多便宜！你们买了，从长远的观点看，你们的利益是不会亏的。如果大家出力救市，不仅将来股价回升时有利可图，而且也能获救市有功之名，可谓是名利双收。

会上，深发展的副董事长谢强有些激动，他问："回购自己的股票算不算犯法？如果不算，深发展能买多少？"言下之意，你们这些机构买深发展股票会让你们吃亏？

谢强作为深市龙头股的代理人，先是8月的扩股招来一片骂声，居然有人指名道姓让他下台滚蛋；艰难的扩股完成后，第一天摘牌竟落到10元，奋力挣扎后，也才勉强保住13元。他知道，如果要救市，深发展必须勇当第一。

会后，谢强找到深交所副总经理禹国刚，讨教救市方略。

禹国刚为他谋拟了一石三鸟之计：首先，发展如挺身救市，将成为稳定深市的第一功臣，并为市领导解决了难题；其次，前一段发展银行为了获取经济效益而放弃了大量公股，若能趁此机会捡回来，既能保住公股的优势，又能分股市之忧，两全其美；第三，发展银行以这么便宜的价格吃进股票，就是坐吃利息，也比信贷的利益可观，况且，股价在发展银行，派息分红也在发展银行，不用像搞信贷那样又要考虑贷款抵押，又要考虑企业的偿贷能力，风险小得多。

于是，深发展决定挺身救市。

深圳市政府也迅速作出决定：筹集两亿元资金救市。

9月7日资金到位，由禹国刚、金明和仍在住院的王健指挥救市。

现在我们难以知道当时动员了哪些机构入市托盘，才使得这次救市成功，但可以肯定的是，这些托盘资金掮住了龙头股深发展的下跌。

1991年9月7日，深圳指数跌到历史低点47点，当日深发展13.70元开盘后，竟一反常态地开出一根很小的阳线，收于13.85元。

9月9日，深发展再次低开于13.70元，卖盘挂出5000手，很快被刮尽，再挂出5000手，又被蚕食干净。多空双方对峙拉锯，彼此分厘必争，最终多方小胜，顽强收于 13.90 元，又出一根小阳线。

9 月 10 日，还是低开于 13.70 元，抛盘毫不相让地仍以 5000 手、5000 手地涌出，可收盘时却以 13.95 元再次放红。

11 日、12 日、13 日，深发展在 13.70 元有"一夫当关万夫莫开"的坚实，其股价如同万绿丛中一点红，雷打不动地拉出小阳线，在 1991 年国庆节前夕，站上了 14.50 元。

深发展如同空方心脏里崛起的一块多方阵地，股价似阵地上高高飘扬的一面红旗，细心的股民发现深发展股价总是有买盘在承接着，该股的抛盘日渐稀少，被逐步吸干了，其股价犹如定海神针，跟着深发展止跌的是股民心目中的"小龙头"金田。

到月末，深市居然没有下降，反而涨升了 0.8856 点，别小看这不足 1 点的小小数字，它是反转信号，"不信东风唤不回"。

深市股民可以安稳地在国庆之夜睡一觉了。

10 月 3 日，是国庆节后第一个交易日，深发展开始拉升，从 14.65 元拉至 15.75 元，终于站到了配股价之上，涨幅达 7.877%。

在龙头股的示范作用下，其余几只股票也纷纷从谷底反弹，金田从 6.40 元涨至 6.90 元；万科从 4.70 元上升至 4.95 元；安达从 3.95 元涨至 4.25 元；上市不久的宝安从 3.55 元升至 3.75 元。

只有分配方案未实施而没有放开股价的原野，报收于跌势，收于跌停板 6.28 元。

收盘时股票平均升幅达 6.685%，深圳指数拉出了第一根阳线，这给股民带来了很大的喜悦。

在几天稍做整理后，买盘再度猛然发力，风卷残云般地扫荡卖盘，股价平均再涨 15%，拉出第二根光头大阳线。金田与深发展一起充当领头羊，冲在最前面，紧接着第三根长阳犹如井喷，涨幅高达 21%。到 10 月 7 日，深发展涨幅为 55.66%；金田涨幅为 107.14%；万科涨幅为 73.47%；安达为 70.73%；上市不久的宝安为 62.16%；股价平均升幅达 53.19%。到 10 月 10 日，深发展已在 26 元了，股价翻番。

在国庆节前后的两个星期内，深圳指数已经翻番，终于突破了 100 点大关，深圳告别了长达 11 个月的暴跌行情，走出了股灾的阴影，救市成功了。

此次救市，历时 20 多天，最终获得成功。以 2 亿救市资金对 50 亿总市值，实际耗资 1.7 亿元。

这就是一次成功的"政策救市"实例。事情公开后，至少，当时的深市股民是心存感激的。

不过自此以后，王健就淡出股市了，他的心脏显然不适合这份工作。

1993 年 7 月，夏斌接替王健，任深交所总经理。

中国股市发生第一案

1992年4月7日,中国人民银行深圳分行发布公告,公告称:

> 从即日起由原野公司的各债权人派出人员,帮助该公司检查财务,并落实企业利润及归还贷款计划。

与此同时,有关部门还冻结了原野的所有财产,并对原野的两名当事人依法进行调查。

原野公司对此不服,随后依据行政诉讼法对中国人民银行深圳分行和深圳市工商局进行起诉。

深圳市原野纺织股份有限公司成立于1987年7月,当时的注册资金为150万元。其中,国有股占60%;港资占20%;公司法人代表彭建东与另一名股东分别出资15万元,各占10%的股权。

1988年获准转为中外合资股份制企业,到1989年3月,公司股权已经过6次转换,股东只剩下两个,一个是隶属于深圳市工业办公室的新业服装公司,占5%股权,另一个是占95%股权的香港润涛公司。

润涛公司是彭建东的舅舅控制的公司。彭建东通过6

次转换股东的游戏，把其他的股东一个个转了出去，此时刚出监狱的他摇身一变，成了香港润涛公司的董事长。

5个月后，新业公司也退出了原野，原野实质已成为香港润涛公司的全资子公司。

1990年向社会发行股票时，这家公司正式更名为深圳原野实业股份有限公司。

一家性质完全是香港的公司，却能在内地上市，并且在招股说明书中，还让人找不到作为原野董事长和法人代表彭建东的名字。

彭建东的造假行为，竟然没有引起相关部门的注意。这就说明，在股份制改革的过程中，出现了令人难以想象的漏洞。

在彭建东控制原野以后，原野公司迅速壮大，创办不到两年，1989年利润达到了28.7万美元。30岁出头的彭建东为此拥有了自己的投资财团，并控制了原野50.7%的股权，在他眼里，原野只不过是自己过上豪华生活的一棵摇钱树。

成功后的彭建东1989年在澳大利亚悉尼市郊的富人区有了自己价值200万美元的别墅。住在这幢可以看清悉尼港全貌和悉尼歌剧院的别墅中的彭建东与28岁的妻子，拥有豪华车队，享受着奢侈的生活，真正成了深圳的暴发户。

同年，原野公司还在澳大利亚买了一个价值170万美元的牧场，然而这家牧场到1990年底给原野公司带来的却是 39.67 万美元的损失。

1990 年 2 月原野发行股票。成为股份公司以后，其业务从纺织扩大到贸易和房产。公司的确赢利丰厚，当年获利 640 万美元，净资产增加了 138%，到 1991 年达到 5.52 亿。

到 1991 年 12 月 31 日，原野 1991 年入账的税后利润更达到 4550 万元，与 1990 年相比又增长了 36.7%，资产报酬率达 8.2%。股价为之也一度翻番。

1990 年 5 月 21 至 28 日，原野的股价在一周内从 14 元上涨至 28 元。

但是彭建东根本不愿意把原野的利润回报给股东，他想的是如何把这些利润据为己有。股东们没拿到一分红利，而加入了澳大利亚籍的原野当家人却在 1990 年出 4400 万港元在华人首富李嘉诚的旁边，买了一栋日式花园别墅。

住在这样的房子里，彭建东当然也不能缺少劳斯莱斯豪华轿车和大群的仆人。

狐狸尾巴终究是要露出来的，原野上市后不久，中国人民银行深圳分行和有关机构就觉察到这家上市公司存在问题，并于 1990 年底对其账目进行了突击审计，发现了原野公司管理混乱、资产流失严重等问题。

为了查清问题，人民银行深圳分行阻止了原野公司的分红和增发新股的各种企图。润涛公司的高级管理人士竟宣称这种调查为官方骚扰，对外发表煽动性言论说国有企业想成为原野股东。

但事实总要还归本相，4月6日至11日，深圳市工商局派出检查组对原野公司的财务部进行检查。在深入的调查中发现，原野公司下属的原野物业有限公司有违法经营的问题。

6月20日，中国人民银行深圳分行发表了公告，披露了原野公司存在的主要问题：

> 原野公司的所谓大股东香港润涛实业有限公司，未经政府批准，非法取代原野公司某发起人的股东地位。香港润涛公司利用其非法窃取的控股地位，操纵原野公司，无视我国外汇管理规定，将折合一亿多元人民币的原野公司外汇资金转至香港润涛公司及其海外关联公司。

为此，1992年7月7日原野股票停牌。

1992年10月6日，深圳市中级人民法院开庭，但被告不是中国人民银行深圳分行及市工商局，而是原野公司，因为200万元人民币和300万美元贷款逾期。

1992年10月12日，深圳中级人民法院再次开庭，这次是农业银行宝安分行诉原野公司和润涛公司500万美元逾期贷款及抵押不实。

在法律面前，原野阻挠调查的"防线"彻底崩溃了。

本来作为一家上市公司，其运作及管理部门的相应处理都应当充分曝光，但在原野事件中，传媒却保持了一种置若罔闻的态度。

1991年全年对原野审查，公众丝毫不知；当年8月对原野问题处理的会议纪要，公众也被隐瞒了；股权结构调整的一系列会谈，也没有对社会公开。新闻媒体似乎早已商量好了，对此不发一言。

直到1992年4月7日公告之前，深圳一家刊物发出《原野老股东的期待》一文，成为最早传达原野股民心声的文字。

对于一直蒙在鼓里的社会股东来说，中国人民银行深圳分行发布的公告简直如同晴天霹雳。消息相对滞后的上海原野股民，直到1992年5月4日，才从《上海证券报》的报道中了解到此事。

据中国人民银行深圳分行负责人说，原野问题由来已久。1991年3月，审计部门在审计原野分红派息时提交存在股金投入不实、利润不实和资金外流等问题。然而从发现问题到消息的发布时间间隔竟然长达一年多，这对原野的股东来说，显然有着强烈的受蒙骗的感觉。

1991年3月10日，原野公司董事会发布了1990年度财务报告，报告称1990年税前利润为人民币3199万元，比1989年增长29倍之巨。

董事会建议，以本年度可分配利润的63.9%作为红利发放给股东，采用红股方式派付股息，即每10股送2股红股，不派发现金股息。根据原股数量，红股总数为

1800万股。

3月24日,原野在召开股东大会时又确定,除10股送2股外,另10股配售5股,每股配股价由董事会提出的4元修改为3.50元,这样原野将在1991年新增股本5400万股。

在这个特别的年度报告之下,刚刚还对原野产生困惑的股东突然又看到了一个即将落下的硕大果实。

满以为分红扩股及放开股价在望,却没想到是一场空欢喜。实际上,直到1992年市场上各种传闻才真正表明原野公司的问题所在,有关方面正积极地进行协商,以求对其进行适当的调整。

从加强政府对上市公司的控制和管理来说,政府要求调整公司股权结构,适当增加公股比例是必要的、合理的,也是从保护广大小股东利益出发,但对于小股东来说,无疑是长期陪着他们受罪。

双方都表示要保护中小股民的利益,但一方认为放开股价、分红派息才是"保护",而另一方则认为停牌、调查处理后才能"保护",差距如此明显。在双方这种"保护"下,股民们真如原野上的小草一样,任凭千军万马践踏。

小李提起1992年就摇头感叹,那年他已经33岁,也是他自认为最倒霉的一年。

小李20世纪80年代初从井冈山来深圳打工,靠勤劳的双手和抠门般的节俭,10年来攒下了5万元。

5万元在他的家乡是个大数字，在家乡他有青梅竹马的未婚妻，他本打算用这笔钱回老家把姑娘娶过来，过上安稳日子。此时，深圳突然掀起了中国第一轮抢股狂潮。

　　1990年春天，深圳原野公司打出"春种一粒粟，秋收万颗子"的广告，正是在如此诱人的招股广告下，小李情不自禁地加入了通宵排队抢购原野股票的队伍，最终如愿以偿地把5万元全部换成了原野股票。

　　当时他还在给未婚妻的信里得意地说："我们的婚事缓一缓，我就要发大财了，等发了大财，我们就到大城市去安家。"

　　为了等待"秋收万粒子"，小李就留在深圳继续打工。等到第二年的春天，原野公司发布了1990年度财务报告，税前利润为人民币3199万元，比1989年增长29倍，公司准备把可分配利润的63.9%作为红利发放给股东，即每10股送2股红股，另外10股配售5股，每股配股价3.50元。

　　这个硕大的"秋收果实"进一步打开了小李的想象空间，使他看到自己的5万元将呈几何级数增长。为了实现配股，他到处借钱，同乡打工仔没钱借给他，他咬一咬牙，居然去借高利贷。

　　但这颗硕果没有落下来。按当时深交所的规定，分红后可以摘掉每天0.5%的涨跌幅"帽子"。看着别的股票分红后摘掉涨跌幅限制，股价一路上行，而原野却只

● 化解风险

能在八九元之间徘徊，成为深圳当时股价最低的股票，原野的分红配股也是只闻雷声不见雨，小李心里开始发毛了。

渐渐地小李有点绝望了，不知道把高利贷借来的钱是还掉还是留着，因为他打工赚的钱付利息已不堪重负。

正当他准备还掉借款时，忽然传来消息说，香港50家最大的上市公司之一，香港新贻集团在港合并了原野的大股东香港润涛公司。持有原野股票52.3%的香港润涛公司在6月19日宣布与香港新贻公司合并改建为新集团公司，组建后的公司资产达40亿，跻身香港联交所上市公司前50名。

据称这次收购合并，新贻公司按国际惯例和香港上市公司会计准则，由国际知名会计师事务所对原野进行了长达数月的财务审核，决定以每股23元港币收购润涛公司原野股权，收购总值为11.37亿港元。

消息很复杂，对文化程度不高的小李来说，有些云里雾里，不过有一点他搞明白了，一家香港公司用每股23港元的价格买了原野股票。人家愿意用每股23港元买原野，那肯定是个好东西，如此一想，他留下了借款，准备着配股。

等呀等，等到了1992年那个令小李终生难忘的猴年。很少买报的小李买了一份报纸，翻看原野的利润，看到原野财务报告上说，1991年的利润是4150万元，他放心了，虽说没1990年增长得快，可毕竟增长了近三成。春天过去了，眼看又到了秋天，这时有人告诉他，原野出问题了。那人塞给他一张 5 月 4 日的《上海证券报》，上面有原野的报道：据人民银行深圳分行负责人说，1991 年 3 月，审计部门在审计原野分红派息时提出存在股金投入不实、利润不实和资金外流等问题。

1992 年 4 月 7 日，人民银行深圳分行宣布由原野公司的各债权人派出人员，检查原野财务，落实企业利润和归还贷款计划。报道中还提到，有关部门已冻结了原野账户。小李看后顿时觉得情况不妙，他 10 年的血汗钱出问题了。

6 月 20 日，人民银行深圳分行对原野公司财务检查后公布，原野公司严重违法，香港润涛公司将折合一亿多元人民币的原野公司外汇转至润涛公司及其海外的关联公司之下，并有折合两亿多人民币的银行贷款逾期未还。小李和所有苦苦等待的原野股民一样，惊魂未定，还没搞明白怎么回事，原野股票就消失了。

7 月 7 日，深圳证券交易所暂停原野股票交易。原野从 1990 年 3 月上市，交易两年零四个月，从未分红派息和增资扩股，就从股票显示屏上消失了，消失前的收盘价是 9.50 元。长期等待的小李在退市前哪里会意识到抛掉，就这样，等待分红转变成了等待重新挂牌。

1992 年的猴年，美好的希望变成了噩梦，发财的希望变成了保住血汗钱的希望。原野在清理贷款，小李也在清理他的高利贷，还掉本金还欠人家利息 1000 多元。

充满委屈的微弱呼声,时时在大战间隙中传出,但随即被淹没在又一个回合的攻守战中。

1992年9月,一份手写复印的"请愿书"送到市政府领导手中,"请愿书"写道:

> 两年多来,我们的投资如石沉大海,未得到任何回报,原野公司的经营现状、发展前景以及存在问题、造成问题的原因,我们一无所知,我们感到被欺侮、被愚弄,被人作为赌注的筹码抛来抛去。

确实,原野老股东两年多没有任何回报,而新股东中,有贷款购入原野股票,没来得及撤出的;有听信很快获解决传闻在停牌前抢进的,一套就达半年;甚至还有在停牌以后黑市上吃进的和转让的,这些因原野问题埋下的种种祸根,都将在日后冒出来,成为原野及社会上不安定的隐患。

法庭于12月底作出一审判决后,股民们的心不是越来越踏实,而是越来越忐忑。一有风吹草动,原野股民们就惶惶不可终日。

1993年1月8日,《深圳特区报》等传媒上突然刊出"紧急通知",要求于次日在深圳市体育馆召开原野临时股东大会。组织者称,在法院判决很快就要生效的时候,原野公司出现了财务被破坏、资金流失的现象,严重危害了公司的利益，引起了广大股东的不满。

在董事会已无法正常行使职权的情况下，为维护原野公司的财产安全和广大股东的合法权益，促使公司尽快摆脱困境，恢复正常营运，由部分股东倡议并经有关方面批准，依照《深圳市股份有限公司暂行规定》有关条例规定，原野公司股东们自发地召开原野临时股东大会。

会议就要开始时，陆陆续续有1000多名股东到会，14时20分，会议开始。主持人一一介绍了主席台上将进入重整小组的几位先生的身份，这时大家才知道这8位是：原野公司原副董事长许季才；原野原总裁钱振湘；股民代表王洪星等两位；上海两家证券公司和深圳某公司的各一位代表；深圳国际商务律师事务所崔玉祥等两位律师。

介绍完毕，随即进入大会议程。主持人宣布的大会8项议程，副董事长许季才做大会发言；股民代表王洪星介绍原野公司现状；另一股民代表宣读股东联名请求书；许季才做关于成立原野公司重组小组的议案；律师介绍有关公司重整的法律规定；股东投票表决重组议案；宣布表决结果。

根据律师介绍，原野公司的停牌和此次重整在广东乃至全国股份制企业中尚属首例，在广东及深圳的股份制理论和实务中没有这项规定。但根据《广东省经济特区涉外公司条例》第四章中的有关规定，原野公司为合资公司，可适用此项条款进行清查重组，以摆脱困难，恢复正常的生产经营活动。这次大会将就重组议案进行表决。如果此议案通过，重整小组进驻原野公司，依法取代原董事会，接管财产和向外签订合同，待180天内重组计划实现以后，正式行使董事会的一切权利。

许季才副董事长的讲话特别强调了此次会议是在特殊情况下自发举行的，同时强调会议是有法律依据的，根据公司章程规定，代表公司股份10%以上的股东请求，即可召集临时股东大会。

原野自1992年7月7日停牌至此次会议，整整半年，无论是高价位进货还是低价位进货的，资金被套这么长时间，进又进不得，退又退不出，一轮又一轮的法院庭审弄得海内外舆论界满城风雨，诉讼双方颇为神秘的背景似乎早已成为公开的秘密，局外人把它当作谈资，局内股东一提起可是心惊肉跳得多。手中的股票"钱"途难保，凶吉难料，只能眼见着年前季节性淡市中股价又出乎意料地红火，手持别种股票的人天天谈论着分红、送股，春节后牛市已成定局等等诱人的话题。

现在有人出面重组，似乎复生的机会来了。于是只要早早复牌，怎么都行。抱怨声中阵阵热烈的掌声似乎告诉了人们，复牌交易的愿望此时成了大会的主调。

会议的高潮是在投票和计票休息的间隙时间。

当几只纸包装箱——充分显示此次会方准备匆忙的投票箱送上看台的时候，人群中开始有了小小骚动。

有两个股东满腹牢骚地撕毁了选票，扬长而去离开会场；有两个手持"大哥大"的广东人在人群中来回穿梭，不断发表着鼓动性的言论。那位俞先生望望旁边的人，一脸苦相，他两张票还未填呢。旁边有人开导他："你听那些人说得轻巧，老实说这是最后一次机会了，人家给你机会，我们还犹豫什么？"俞先生像是没听见，填了一票赞成，一票反对，扔进了票箱。

更多的股东五人一群，十人一簇地散聚在西门厅不断地发表着对原野和这次重组的议论，大家你一言我一语，争论得不可开交。

这个说："不复牌还不是烂在你自己的口袋里，多少人全部家产都押在这里了，我们当然要复牌，否则都是浪费时间，所谓重组就是空话。"

那个说："我看基本上是合法的，就看后期怎么运作了。"

"什么合法不合法？我是小股民，管不了那么多。原野的事闹得这么大，不合法能在报上登通告？你登登看！"旁边一人接茬道。

有的人已经完全丧失了信心："重整的道路走不通，就任何道路都不通了。"

会场上任何争论都容易吸引一大群人过来，有人似乎开始演讲了。

最后由许季才宣读投票的结果：

除去润涛的51％股权，到会总股数是2433万股，超

● 化解风险

过49%法定股份的半数。有效表决股数是2411万股，其中4.2万股反对，11万股弃权，以98.5%的股权赞成通过了重整原野公司议案。

原野公司副董事长许季才提出通过的重组议案的主要内容是：

1. 立即组织重整领导小组，报经主管部门批准，进驻原野公司，代表董事会职权，其他任何利用原野公司名义进行的活动一律无效；

2. 重整小组建议由许季才、钱振湘、股民代表王洪星、孙志辉、深圳国际商务律师事务所律师和中信会计师事务所会计师各一名组成，并依法由上级主管部门、市场监管部门和债权单位各派一人做重整监督人。

散会的时候，几位记者进入主席台后面的东大门休息厅，也无法采到更多的消息，只取到了一份许季才会上的发言复印稿。

不一会儿，深圳市人民银行行长王喜义走出来，欲上车离去。许多记者围上去，要他谈谈对此次大会的看法，王喜义先生委婉地拒绝了。

另外，就在同一天的上午，王喜义行长曾接待过中央8家新闻单位和《投资者》杂志共同组成的经济采访团，当记者们问及原野将要重整的这次股东大会时，他只是强调"此次股东大会完全是股民自发组织的"，"股民代表也没有什么背景"，他也不愿多作回答。

对于此次临时股东大会，已由中资驻港机构控制的原野与润涛董事会反应激烈。当时持有原野股票 4655 万股的香港润涛公司授权代表到达会场时，被会议组织者拒之门外，并被剥夺了 51% 的表决权后，更是如此。随之，他们向有关部门与新闻单位递交了一份名为"有关所谓'股东大会'的若干问题"的材料，提出了 13 点疑问，也颇的社会同情。

原野方面情绪激烈地认为此番集会是违反规定的集会，违反了《深圳市股份有限公司暂行规定》与《深圳市上市公司监管暂行办法》。

另外也完全无视法律，因为深圳市中院判决因其中一被告向广东省高院提出上诉请求而判令未生效。

更为重要的一点是，大会的组织者代替原野公司行为的合法性，深圳市中院也仅仅是对润涛抵押的股票进行判决，而未对润涛的所有股票进行判决。并指责大会组织者之一曾私占原野资产百万余，至今未还。

不管原野方对临时大会组织者的指斥是否有偏颇与片面之处，根据深圳各媒介的报道，此次股东大会不符合规范及混乱之处确实为数不少。

《深圳特区报》记者在报道中披露："会场越来越热闹，一些股民嗓门越来越高，一些股民对重整小组人员的资格提出质疑"，"原野忠实的股东希望对原野公司的现状和未来多一些了解，但大会似乎没有满足他们这点基本要求。"

由深圳市人民银行等 9 家金融单位主办的《金融早

报》与《特区报》《深圳商报》一样，虽以肯定口吻报道了此次大会情景，但还是显得客观与公正。

经过重整小组的努力，原野问题终于水落石出，并得以解决。

从股权方面而言，1988年5月18日，原野公司股东大会决定的香港润涛公司增加对原野公司投入人民币270万元，由于未经深圳市政府有关部门批准和登记注册，应视为不合法。

这笔不合法的资本，于1988年10月8日参加资产评估后，溢价分配而得的净额714万元，自然也属不合法，应予退回。

退回的方式经过协商，由日后参加原野公司生产经营的深圳市城建开发集团公司，按每股3元的价格折合238万股转为城建公司持有的国有股。在深圳注册会计师协会对清查财务的复核下，以1989年3月31日为基准日，即在原野成为上市公司前，其资产评估中虚拟了资产2300万元，这当然应还原。

至于香港润涛公司抽调和截留原野公司大量巨额资金，其中大部分是外汇资金，从而造成原野公司巨大损失，这一方面触犯了国家的外汇管理条例，另一方面也构成了彭建东的犯罪事实。

1993年5月7日，广东省高级人民法院在重整小组清查的基础上，对历时一年的"原野公司案"作出终审判决：

1. 撤销深圳市中级人民法院的判决；

2. 确认深圳市有关方面与原野公司、润涛公司之间的抵押贷款合同有效；

3. 原野公司应偿还有关银行的到期本息及逾期罚款等。

至此，对"原野案"的调查审理已经尘埃落定，当初满怀希望的原野股民唯一可以安慰的是：在重整小组的努力下，原野属下的时装公司恢复生产，其牛仔裤产量恢复到历史较高水平，原野属下的福华公司也开始进入正常经营。

通过重组后，9月5日，原野公司召开临时股东大会，选举了新的董事会，并将公司更名为"深圳世纪星源集团股份有限公司"，并申请公司股票在深证交所复牌交易。

与此同时，新公司还通过了每3股送1股，每1股配1股的送配方案。

天网恢恢，疏而不漏。彭建东则于1993年10月14日在香港被捕，罪名是"侵占、挪用公司资金"。

1995年9月28日，深圳市中级人民法院依法对该案进行了审理，以侵占、挪用公司资金罪，判处彭建东有期徒刑16年，附加驱逐出境。

彭建东不服一审判决上诉，广东省高级人民法院审理裁定驳回上诉，维持原判。

采取新举措稳定股市

深圳证券市场的最大困难出现在 1990 年，当时场外交易泛滥，股票暴涨暴跌，深圳发展银行的股票最高炒到每股 132 元。

市场控制不住，差一点儿就被关掉了。

恰在此时，上海证券交易所的成立给深圳证券业带来了福音，否则，如果只有深圳证券交易所孤军奋战，有可能在 1991 年就被关掉了。

此时，一场铺天盖地的股市狂潮席卷而来了。从 4 月开始，"老五股"深发展、万科、金田、安达、原野的股价全面猛涨。

到 11 月中旬，平均上涨了 10 倍以上。有什么理由如此暴涨？你看深发展的两次分红派息：第一次每股分红 7 元，每两股送一个红股；第二次每股 10 元面值除分红 10 元外，还每两股送一个红股。

上市公司业绩好，买的股票两年内就收回本金，而股权却又增加了一倍。投资收益高，引发股市狂热。

股市狂热又进一步推动黑市交易的风起云涌，那时黑市交易惊人。证券公司门前从事黑市交易的人少则几百，多则数千，而黑市交易的成交额一般要高过场内交易的一至两倍。

此时，金田股面值10元，却涨到了360元，原野股涨到了280元。

这种狂热，引发了一些公司和企业"趁火打劫"，目无法纪，擅自发行股票、集资券，甚至"收据"之类的集资工具也用上，私自招股集资，欺骗股民。股市狂热使股民失去了理性。

对此，深圳市委、市政府从维护股市健康发展和保护股民的切身利益出发，加强管理，采取了一些有力措施：

1. 借鉴国外经验，首次实行股市的涨落停牌制度。

1990年2月29日，由市人民银行发出公告，规定股票当日交易价"不得高于或低于上一个营业日收市价的10%"。

6月18日，又将涨跌限价在"±5%"。6月26日又调整上涨不超过1%，下跌幅度仍维持5%。

2. 市政府发布"5·28"公告，坚决取缔场外非法交易活动。

规定证券买卖、登记过户、派发红利股息，凭身份证和法人证件到批准的证券机构办理；一切有价证券的买卖必须在证券机构内挂牌进行。

还抽派工商、监察、公安等人员到场外交易现场打击非法交易。

3. 开征印花税和手续费。

1990年7月11日市政府公布,规定按转让股票价金额征收卖方6‰印花税,对个人股息收入超过国家银行一年期存款利率部分,按10%征收个人收入调节税。

6月7日,买卖双方一律按成交金额收取5‰手续费。这是我国首次通过税费调控股市。

4. 加强管理股票证券的发行和上市。

1990年9月15日和10月4日,市政府分别颁发了《关于严格禁止擅自以股票、证券形式集资的通告》《加强对股票发行公司管理的措施》,明确规定"未经中国人民银行批准,任何单位不得在内部或社会上以股票、债券及其他方式进行集资活动","未经中国人民银行批准发行和转让的股票、债券及其收据,均不得进入流通领域非法买卖",对"上市公司进行财务、税务、外汇、工商行政等方面的全面监督管理"。

5. 加强股市的廉政建设。

1990年10月26日,市政府作出规定:发行新股和扩股,党政机关干部、证券管理及从业人员都不得进行买卖。

6. 运用舆论工具，宣传增强风险意识。

从 1990 年 11 月 15 日开始，《深圳特区报》在每天的股市行情下面，醒目地加了"政府忠告市民，股票投资风险自担，入市抉择务必慎重"的警示语，对股市的入市风险进行宣传、警示。

这一系列的管理措施，对深圳股市、证券市场、资本市场初期的健康发展起到了积极作用。

证交所轻松化解风险

1993年初,首任证监会主席刘鸿儒把夏斌要到中国证监会,任交易部主任和发审委委员。

当年7月,夏斌奉命南下,出任深圳证券交易所总经理一职。

他一到深交所,就在员工大会上说出了一番豪言壮语:

> 我们要玩命地干,我们正在干着一件大的事业,我们的努力在中国证券史上写不上几句话,哪怕是画上一个标点符号也就足以自慰了。

当年的慷慨陈词是否兑现?夏斌给出的注解是:"至少,深交所从区域性交易所变成了全国性交易所。"

在他看来,当时的那番话更像是自然情感的流露。

1951年出生的夏斌,毕业于北大政治经济学专业,在财政部和央行写了几年官样文章的太平日子后,正赶上央行研究生院招生,便再也耐不住了。可主管领导想提拔他,不让走。

对此,夏斌却"毫不领情","我不要提拔,我就想读书"。

为此，29 岁的夏斌还掉了眼泪，最终他如愿以偿了。

夏斌是 1984 年从中国人民银行研究生院毕业的。1985 年初，他来到中国人民银行金融研究所，一待就是 8 年。

从中国人民银行研究生院毕业的学生们成为中国第一批金融市场改革的倡导者、启蒙者和推动者。

但是一直到 20 世纪 80 年代末，这些人只能是从政策理论层面呼吁、写文章，希望推动金融改革。

证券交易所的成立，对他们来讲就是英雄有了用武之地。

此时，夏斌的确是心存远大抱负，很想把深圳证券交易所做成中国最大的交易所。

这时，中国股市尚处起步阶段，股市的发展与推动，更大程度上，取决于上交所和深交所的一举一动，有人用"两大诸侯割据"来形容上海证券交易所和深圳证券交易所。

夏斌后来说："当时的监管概念确实不像现在这样，1992 年初才刚成立证监会，这和我当总经理几乎是同时，股市又没有明确系统的监管理念。在这样的背景下，更多的是两个交易所老总在指挥整个股市。"

此时，交易所老总可以"呼风唤雨"。

上海证券交易所总经理在股市狂跌时，站在台上来句"股市没问题"，股价就立刻涨上去了。

同样，在深圳股市形势不妙时，四川股民传言说

"夏总病重病危了"，一时间，股市乱了方寸。

为了辟谣，夏斌第二天赶紧出来接见外宾，《证券时报》随即头版头条刊登了他接见外宾的照片。这居然成了镇静剂，股市也随之稳定下来。

还有一次，夏斌去民族证券北京营业部看了一圈，第二天，报纸就拿这件事情做了头版大标题。

不仅如此，此时就连夏斌的名片也显得很金贵。

"当初，做深交所老总的时候，我的名片很值钱。过海关的时候，拿着名片就能过，当时好多人巴不得认识我呢！"夏斌后来不无得意地说。

坐在交易所总经理的位置上，拥有的不仅是对股市的巨大影响力，同时还有危险甚至是性命之忧。

夏斌刚到深交所时，一直下跌的股市突然开始飘红，因为有人传言，"我是朱镕基派来的人，还带了几十个亿来救市。这种说法我也听过，根本没有的事情"。

不久，股市又开始下跌。有的股民就直接把责任推到夏斌身上，深交所几乎每天都会收到恐吓信，"恐吓信很多，甚至还有带血的"。

后来，恐吓信越来越多，为了不影响他的工作情绪，秘书干脆就不让他看了。

认识夏斌的人实在太多了，出于安全考虑，他还不得不去香港买了假胡子，"但一直没有用过"。

1995年的327国债期货平仓案，更是将夏斌推到了风口浪尖上，"做不好，进监狱都有可能"。

此时，北京、武汉、上海都出事了，很多股民也在闹事。

为了谨慎起见，夏斌一直没有宣布价位，对照当时上海的价位，夏斌专门找人进行详细客观的调查，经过仔细研究，他心中有数了，于是向市委反映处理意见。

而市委领导则全权交由夏斌负责。夏斌却感到领导越相信自己，肩上的责任就越大。

突然有一天，市政府门口被大批股民包围，当时正处于"两会"期间。于是，夏斌在两车警察的护送下，赶到现场。

夏斌后来回忆说：

> 我记得当时游行集会搞了两天，分别是多头、空头两方轮番来闹，可能是怕我被其中一方的眼泪所迷惑，所以轮番"进攻"。一方面，我对双方进行安抚，同时又找人在上海调查详情，后来终于敲定了一个价位。

在这段时间里，交易所也经常聚集很多股民，夏斌最担心的是有人会炸交易所。

夏斌跟保安说："如果你们看到有人抱着什么东西往大厅里冲，就先用警棍把他放倒，不要出人命，把可疑的东西往门口广场扔，一切后果由我负责。"

就在市委商议具体价位的那天，夏斌还对公安局局长说:"一旦交易所被炸,要惊动的不仅仅是深圳市政府,那么多股票交易的资料如果被毁了,股市一定会大乱,可能影响全国。"

公安局局长听完这话慌了,因为事情的严重性远远超过他的预料:"夏总,你给我8分钟的时间,只要8分钟,防暴警察就能赶到。"

夏斌凭着超强的临场反应能力,应付8分钟绝非难事,而8分钟之后,防暴警察按时赶到交易所,一切安然无恙。

最后,夏斌宣布了一个让大多数散户不赔钱的价位,风波就此化解。

"大家以为会出事,结果没想到事情竟如此顺利。"夏斌后来回忆起这件事,当时的分分秒秒依旧是惊心动魄,"我做了一件很漂亮的事情。"

发生苏三山诈骗案

1993年11月6日,海南《特区证券报》在头版头条刊登广西"北海正大置业有限公司"给该报编辑部的信,信中称:

> 到11月5日下午3时30分,北海正大置业公司已经持有250.33万股江苏昆山三山公司股票……占该公司流通股的5.006%。正大置业公司将按规定程序继续收购该公司的股票。

消息一出,11月8日星期一开盘后,苏三山这家在深圳证交所上市的公司,买盘汹涌而来,从8.30元开盘价蹿至11.50元收盘,成交达2000多万股,成交金额2.2亿,换手率高达42%,当日飙升39.88%。

苏三山的社会股东自然欣喜若狂,窃以为一场收购事件即将展开,不过他们没有注意到苏三山的总股本为10132万股。其中,法人股5132万股;个人股为5000万股。而"北海正大置业公司"持有的250.33万股只占个人股的5.006%。

根据《股票发行与交易管理暂行条例》第四十七条规定,只有超过发行在外的普通股达5%时,才需要发布公告，而法人股同样也属于普通股，所以250.33万股远没有达到必须公告的数额，可以不公告却大张旗鼓地公告，明眼人自然会注意到此事有些蹊跷。

果然，11月8日16时30分，深交所发表声明，认为北海某公司购买"苏三山"一事与事实不符。

与此同时，"苏三山"董事长兼总经理也在这一天致函深圳证交所，就"正大置业"购股一事表示："我们将注意事态发展。"

11月9日，就"正大置业"大量购股事件，中国证监会发言人在召开的紧急新闻发布会上说，证监会尚未收到"正大置业"口头或书面报告，《特区证券报》应承担由此引起的相应法律责任。

这一天，深圳证券交易所郑重声明，"收购苏三山"不排除属于欺诈行为的可能性。

11月10日，广西北海市工商局经查询后得知，当地并没有"北海正大置业"这家注册公司。深圳证券交易所和深圳证券登记公司也均没有"北海正大置业公司"开户和交易的记录。

很显然，这是一场大骗局。

11月24日，在公安干警和有关方面的努力下，骗局的始作俑者被依法逮捕。

司法部门根据《股票发行与交易管理暂行条例》和《禁止证券欺诈行为暂行办法》对其收容审查。

李某原来是湖南省一个县物资局的干部，1993年5

月上旬，他擅自挪用单位贷款 100 万元，私下在深圳某证券公司以个人户头开设账户进行股票炒作。

他在 10 月 7 日和 8 日两天分别以 7.85 元和 7.60 元买进"苏三山"股票 15 万股，还透支 1000 万元买进 31 万股其他股票，没想到买进就被套牢了，眼看解套无望，而且挪用单位公款的事也要败露了。

此时，正赶上上海出了宝安收购延中之事，李某顿时计上心头：咱也来个收购"苏三山"。

11 月 2 日，李某在北海市街头刻了一枚正大置业公司的印章，然后回到湖南株洲。

11 月 5 日，李某在株洲县邮电局向《深圳特区报》和海南《特区证券报》发了篇稿子，说正大置业已收购 250.33 万股"苏三山"股票，占总股本的 5%。半小时，这位正大置业的老板又给两家报社打电话，问是否收到传真件。

没想到，海南《特区证券报》真的上了当，竟然把他的信函登了出来。

11 月 8 日星期一开市可不得了，"苏三山"股票就像吃了兴奋剂，嗖嗖地往上蹿，从开盘价 8.30 元直奔到 11.50 元，上涨了 40%，当天成交 2000 万股。在 11.40 元时，李某抛掉了一小部分"苏三山"股票 9500 股，净赚 2.9 万元，李某还指望"苏三山"再接再厉往上爬，因此没舍得多抛。

狐狸尾巴终究是要露出来的，没过几天，当地部门就查出没有"北海正大置业"这家公司。

同时,"苏三山"的异动也引起中国证监会和深圳证券交易所的警觉,他们分别在8日和9日发表声明,于是"苏三山"股价急跌。

李某在9.40元的价位把剩余股票全抛,还是赚了15万元。但全国股民在"苏三山"上损失2000万元,套牢1.2亿元。

1993年12月17日,证监会在北京发表通报,严正指出:

> 一个多月前发生的所谓"北海正大置业有限公司"大量买入江苏昆山三山股份有限公司股票事件,经调查和公安机关的侦查,证明是一起精心策划的骗局。

真相虽然大白,可人们不禁要问,给不法之徒提供可乘之机的海南《特区证券报》该当何罪?根据中国证监会发布的《公开发行股票公司信息披露实施细则》第五章第二十条的规定,法人发生收购情况时,应当将有关情况刊登在至少一种证监会指定的全国性报刊上。

而海南《特区证券报》并非证监会指定的全国性报刊,本来就没有资格刊登收购信息,况且是在未经查实的情况下擅自刊登,致使股市动荡,造成不明真相的股民损失惨重。

1993年11月8日14时38分,贵州证券公司收到收购"苏三山"的假消息后,在交易大厅的黑板上把这条消息公布了,到 9 日 9 时 22 分,买入成交量近 200 万股,成交价位多在 11 元以上。

11 月 11 日下午,数十位股民到贵州证券公司讨说法,认为贵州证券公司转载"苏三山"被收购的错误消息,误导了股民,给他们造成了严重的损失,要求证券公司赔偿。

贵州证券公司"舍生取义",好汉做事好汉当,于 11 月 12 日上午昭告天下,决定以 11 月 9 日 9 时 22 分的成交价买进股民们被套牢的"苏三山"股票,毅然买下贵州股民的"套"。

相比之下,长沙的股民则没有这么好的运气了。一年后,1994 年 12 月长沙两位大户告湖南信托投资公司和其开设的湖南财信证券上市证券交易部提供"苏三山"股票的虚假消息,使两人损失 2.7 万元。

这两位大户将湖南信托投资公司和其开设的湖南财信证券上市证券交易部告上法庭,罪名就是提供"苏三山"股票的虚假消息,致使他们损失了 27540.96 元。

最后当时的长沙市南区人民法院判决:股民作出购买或抛出股票之抉择,其风险与赢利应当自己负责。他们就只好自食苦果了。

海南《特区证券报》事后受到相应的处罚,此事不仅给新闻媒体上了一课,同时也把信息披露的有序性和真实性提上了议事日程。

四、 高速发展

- 与传统交易模式相比，无形化交易大大减少中间环节，缩短报盘时间，提高交易效率，降低了交易风险，更体现出市场的公平竞争。

- 大坑人虽对县政府拿自己的钱心里十分不满，但谁也不敢表示不同意。

- 于是，村委会干部就四处打听看法人股能不能抛。上帝又一次眷顾他们，恰巧此时监管不规范，只要拿到证管办的批文，办理一些相关手续，就可以到市场去抛。

交易所不断发展完善

1990年底成立的深圳证券交易所,经过10余年的发展,已成为了国内两大证券交易所之一。

支撑深交所高速发展的是IT技术的应用,从1993年开始,深交所采用电子化交易系统,利用卫星通信技术实现向异地证券公司营业部单向传送行情及成交,实现了无纸化交易。

当时世界上仅有少数几个国家证券市场实行的是无形化电子交易,这代表着全球证券市场的发展趋势,它摒弃了传统交易大厅人工报盘的交易模式,直接在投资人与买卖撮合系统之间架起了一条"高速公路",使交易全过程完全自动化。

与传统交易模式相比,无形化交易大大减少中间环节,缩短报盘时间,提高交易效率,降低了交易风险,更体现出市场的公平竞争。

早在1992年初,深圳证券交易所就实现了由手工竞价到电脑自动撮合、由分散过户到中央结算、由实物交收到存折化托管与交收的转变,在国内率先实现了证券的无纸化交易,并开发出了动态、实时的交易监察系统和高效快捷的信息传播系统。

先进的技术系统大大地降低了市场运作成本,提高了市场运行效率，从而高起点地构造了深圳证券市场健康发展的运作基础。

深交所的技术系统效率高，安全可靠，日处理能力达2000万笔，可以同时支持2000只证券和3500个结算会员的股份、资金结算，曾经受住了日成交450万笔、交易金额426亿元峰值的考验。

技术系统实行双机并行，当一套系统出现故障或灾难性事件时，另一套系统能保持数据的完整，并在极短的时间内成功切换，确保证券交易、结算、通讯的正常运行。

深圳证券交易所的整个交易结算系统由4大部分组成：

一是会员营业部的柜台系统，由全国各地券商根据深交所颁布的接口规范开发形成；

二是连接柜台系统与中央撮合主机的通讯网络，由卫星网络和各通信体系组成；

三是对于每日的证券交易来讲最为重要的中央撮合主机，由多台容错计算机并联组成；

四是中央登记结算系统，由实时开户网络系统、股票无纸化托管结算系统、证券资金电子化结算系统、业务凭证电子化管理系统组成。

到1999年8月底，与深圳证券交易系统相连接的交易网点超过1800家。其中，双向卫星联网480家；单向卫星联网800家；地面通讯联网300家；通过各地证交中心联网280家。按每个交易网点平均有10台输入终端计算，则整个深圳证券交易网络由约1.8万台交易工作站组成，是当时世界上最大规模的"无形席位"证券交易网络。

对于一个电子交易系统而言，设计者最关注的是系统的可靠性与安全性。针对证券交易所这样一个系统庞大繁杂、角色又如此关键的机构而言，容错性和不停顿功能显得尤为重要。

股票交易系统要求运行主机必须具备最高级别的可靠性、可用性和可扩展性，能够保证24×7不停顿的运行，同时能保证在线增加或替换部件。

1999年5月19日，持续沉寂两年的中国股市，由于国家下调银行利率等政策出台，刺激股市出现了井喷行情，深圳指数不断创出历史新高，无论新开户人数还是成交量都有了一个爆炸性的增长。

特别是6月25日，深交所和上交所的日成交量创出了900亿元的天量，深圳证券交易所日交易笔数更是达到了400万笔，是平时的4倍之多。

而Nonstop服务器在4个小时的交易时间内，处理了400万笔交易，平均每秒交易能力（TPS）达到了222.22笔，凭借其卓越的可靠性和迅捷的响应速度，从容应对了此次交易的激增，保障了客户和公司的切身利益。这一事实进一步证明了Nonstop服务器固若磐石的性能，也因此回报了客户的选择和信任。

作为世界著名的容错机 Nonstop 服务器系统，正是在此次突发的暴涨行情中经受住了最严峻的考验。

对于像深圳证券交易所这样举足轻重的大客户，计算机供应商们自然都是趋之若鹜。面对众多的可选对象，深圳交易所可以从容地从性能价格比、售前售后服务等各方面详细比较，加以取舍。

由于行业特点的需要，深圳证券交易所对供应商们的售后服务在保修期、上门服务方式和响应时间等方面的要求比一般计算机公司承诺的要多一些。在市场经济的环境下，有实力的大用户提出比较高的要求，这正是供应商们经受考验的时刻，HP 的"深圳交易所团队"显然在这种考验中坚持了下来，以其周到的服务赢得了深圳证券交易所的一致嘉许。

随着业务的不断发展，深交所不断升级其电脑系统，保证交易高峰期电脑系统对委托的及时处理。

在 2000 年 9 月，深交所购买了当时最新的 NonstopS74012 系统，对原有的证券交易系统进行大幅扩容。这个 Nonstop 系统配置了 12 颗 CPU，运行 NonStopKernel 操作系统，具有更强的容错与可扩展性。

之前，深交所拥有 5 台 Nonstop 服务器，配置的 CPU 数量也超过了 20 个，使深交所电脑系统的日撮合能力已提高到 599 万笔。升级后的新系统支持的交易量达到了每天 1500 万笔，足以支撑起未来巨量的交易数据，保障了公司和用户的切身利益。

可以说，深圳证券交易所电子交易网络用最简单快捷的交易方式改变着人们的投资行为，让社会闲散资金汇集到市场的大洋中，使全国各地的投资者融为一体。

1993年4月13日，深交所的股市行情首次借助卫星通讯手段，送到首都北京，位于亚运村的北京建行银建证券部可以实时看到深圳股市行情，时间滞后不超过一秒。这是我国首次利用卫星通讯技术传送行情。

禹国刚曾经多次提到了他颇为得意的证券卫星通讯设备。因为深圳证券市场发展速度加快，正在使用的通信线路数量不足，质量也不过关，常常断线。

"武汉通了，新疆又断了，我们常常一天要接好多来骂人的电话，没办法，这是钱啊。"禹国刚说，"我们就想到了卫星能不能作为信息披露、买卖报盘、成交回报的载体。"有了想法，马上行动。

1993年3月，深交所与中国通信广播卫星公司等三家股东组成深圳证券通信有限公司，4月VSAT卫星通讯网络投入使用。

1993年8月，深圳证券通信公司成立，这是一家为全国证券市场提供数据通信服务的专业通信公司，股东单位包括深圳证券交易所、中国空间技术研究院、中国通信广播卫星公司。其拥有由卫星通信网和地面通信网组成的、当时国内规模最大的专用证券通信网。

该网承担了深交所与全国各地证券营业部之间全部的证券数据信息传输任务，为保障中国证券市场的健康、稳定发展发挥着非常重要的作用。

有了天上卫星、地上计算机，深圳证券市场的各种信息都可以在第一时间到达全国各地，各个证券公司在当地当时就可以知道，对各种信息了如指掌。根据需要，他们可以足不出户，仅利用电脑进行即时操作。

这样一个全新的交易买卖方式，让全中国人耳目一新。

1997年7月，深交所把交易大堂取消。此前，深交所已完成了交易电脑化、通讯卫星化、交收无纸化。取消交易大堂即实现交易无大堂化，至此，深交所的"四化"全部实现。

这样全面的证券交易现代化，不仅在中国尚属首次，在全世界也没有任何一个国家或地区完全做到。

从1990到2000年的10年中，深圳证券交易所励精图治、开拓进取，以一个个实实在在的数字勾勒出中国证券市场一段段引人入胜的篇章。

中国证券经历了从实物证券到无纸化证券、从手工作业到电脑化作业、从有形席位到无形席位、从区域性市场到全国性市场、从单一市场到多元市场的跳跃式发展。

在这短短的10年时间里，深圳证券交易所上市公司数量、市场规模、会员实力和投资者队伍有了很大的发展和提高。

截止到2000年11月30日，深圳证券交易所上市公司数量由 1991 年的 5 家发展到 513 家。

发行股票总股本由一亿多股发展到 1575 亿股，市价总值由 18 亿元增长到 21184 亿元，年交易金额由 17 亿元增长到 29195 亿元。

会员单位由 15 个发展到 320 多个，证券交易营业网点由不足 10 个发展到 2000 多个。投资者开户数由几万人发展到 2789 万人。

深交所代征交易印花税累计 684 亿元。深圳证券交易所的探索，为中国资本市场的形成和发展作出了开创性的贡献。

大坑村股民一夜暴富

1983年以前，大坑村人住在大亚湾畔，百十口人靠的是打鱼种稻为生，当时人均收入仅几十元。

1983年，国家修建大亚湾核电站时，大坑村迁到了当时被称为王母墟的大坑新村，大坑村人从此洗掉泥腿、收起渔网住进了国家给他们盖好的二层小楼，并获得了国家给的几百万元的移民安置费和土地补偿费。

大坑人为天上掉下的这个馅饼乐坏了，分了搬迁费后，他们想把省下的钱均分，按照当时的生活水平，人均两万元也够吃几年的。当时的宝安县政府得知后，打消了他们分光吃净的念头，建议他们"养鸡生蛋"。

1984年，宝安县投资公司成立了，它可以算得上是深圳最早的股份公司，上市前流通股达2.25亿，比已经在市的5只股票中任何一只都庞大得多。

但是此时的人们对股票还没有多少认识，很多人甚至把股票当成是不合法的，在这种情况下，谁会看好宝安呢？宝安上市让普通人难以理解。

宝安上市以后，县里便将大坑村的80万元投了进去，第二年又增加投入50万元。大坑人虽对县政府拿自己的钱十分不满，但谁也不敢表示不同意。

当时，村里的一部分壮劳力已在大亚湾核电站端上了铁饭碗，加上海外打工亲人们不断汇钱回来，这个小村的生活过得也算殷实。

所以最初几年，宝安投资公司给他们的分红也没引起大坑人的期望。

令大坑村村民没想到的是，他们竟然会一夜暴富。1991年宝安投资公司改制后更名为深圳宝安实业有限公司，并准备在深交所上市。

上市前进行了一次大规模分红，每1股送9股，大坑村人投下去的130万元，即130万股，变成了1300万股，每股的成本从1元摊低到0.10元。虽然股市处于崩盘，但在大坑村人眼里，他们的资产爆炸了。

1991年，宝安投资改制后摇身一变，成为深圳宝安实业有限公司，随后，宝安股票于6月25日上市亮相，定位在3元多，这让那些从地摊上讨价还价用两元多买入的股民感到一丝安慰，可带给大坑村人的却是疯狂的心跳。0.10元变3元多，30多倍呀。想想130万的30多倍是什么概念？

更让他们没想到的是，宝安股价在18个月内，从3元多涨到了33.95元。这时大坑村人的心跳得都快从喉咙里蹦出来了，130万的300多倍，变成了多少呢？大坑村人不忍心算下去了，这真是九世修行得来的福气啊！

祖祖辈辈过着"你织网来我打鱼"生活的村民，在巨大的财富面前，怎能平心静气呢！

"抛掉，快抛掉，我们要现金。"村民们围着村委会激动地乱嚷嚷。

"可我们这是法人股，不是流通股。"村委会有些为难。

"想想办法呀。"村民一致要求。

于是，村委会干部就四处打听看法人股能不能抛。上帝又一次眷顾他们，恰巧此时监管不规范，只要拿到证管办的批文，办理一些相关手续，就可以到市场去抛。

此时不抛更待何时，大坑村先后将600万股沽出，共获利6000多万元，将其中的3000多万存入银行吃利息，另一半用来买房子购地皮，大坑人被天上掉的又一块巨大馅饼给砸晕了。

大坑村靠股票一夜富甲天下的美名不胫而走，当时的香港报纸称：

北方有个大邱庄，南方有个大坑村。

有人曾想买下大坑人手中的股票，被大坑人给拒绝了。

大坑村还一度靠着深宝安每年的分红派息和银行利息使每个劳动力每月获得400元收入，村里给每个中学生每月补贴350元，小学生250元。

大坑村人的心随着深宝安的波峰浪谷而上蹿下沉。特别是当股市下跌时，大坑村人对宝安公司就很失望，想把手上的法人股转让掉。找来找去也没找到什么受让方。

1999年，找到了一个受让方，按当时宝安的净资产，大坑村以每股1.27元，转让出少量股份，获得3600多万元。

这样，他们先后两次兑现了一些宝安股票，获得近一个亿的现金，百十来号人，人均差不多得了近百万。但这只是大坑村宝安股票的一部分。

股改后大坑村法人股能抛了，资产又翻了一倍到两倍。

在深宝安基本资料第三项"大股东持股和情况变化"一栏中，持股排第三位的是深圳市龙岗区大鹏镇大坑上村，紧随其后的是大坑下村。

大坑上村持有深宝安1533万股，占1.6%的股权，大坑下村持有1307万股，占1.36%的宝安股权。

按照2000年4月7日收市时深宝安的收盘价5.69元计算，大坑村的股票市值约为1.6亿元。

这对于一个仅有百十来口人的村子来说，年均每人就拥有100多万的财富，大坑村富甲天下的美誉简直当之无愧。

交易所设立中小企业板

2004年5月17日,深交所开始设立中小企业板。6月25日,新和成等8家公司挂牌上市。

由于扶持上海证券交易所的发展,从2000年9月起,深交所停止了新股发行。

这次设立中小企业板,标志着深交所又重新恢复了新企业上市。

设立中小企业板块,是分步推进创业板市场建设迈出的一个重要步骤,是党中央、国务院从促进经济的可持续发展和促进经济结构调整的大局出发作出的重要决策,也是贯彻落实党的十六届三中全会以及《国务院关于推进资本市场改革开放和稳定发展的若干意见》精神的一项具体部署。

设立中小企业板块,就是在现行法律法规不变、发行上市标准不变的前提下,在深圳证券交易所主板市场中设立的一个运行独立、监察独立、代码独立、指数独立的板块,集中安排符合主板发行上市条件的企业中规模较小的企业上市,在条件成熟时,整体剥离为独立的创业板市场。

2009年5月27日,是深交所中小企业板正式启动5周年的日子。为回顾和总结中小企业板开板5周年以来的工作，展望中小企业板未来的发展，2009年5月26日上午，由深圳证券交易所主办的中小企业五周年座谈会在深圳五洲宾馆华夏厅举行。

时任深圳市副市长唐杰、中国证监会研究中心主任祁斌、工信部中小企业司副司长狄娜、科技部条件与财务司副司长邓天佐、深交所理事长陈东征、深交所总经理宋丽萍等有关领导到会并致辞，全国工商联副主席即苏宁电器董事长张近东、浙江省经济和信息化委员会副主任吴家曦、中关村园区管委会副主任李石柱、天相投资顾问有限公司董事长林义相、招商证券总裁杨鹍、易方达基金管理公司总裁叶俊英、达晨创投总裁刘昼、金风科技董事长兼首席执行官武钢、山河智能董事长兼总经理何清华在会上发表主题发言，此外，还有来自中小板的首8家和其他部分上市公司代表，证券公司、基金公司、创投公司、拟上市公司的代表等100余人参加了座谈会。

这次座谈会由深交所副总经理周明主持。

五年时间，中小板上市公司数量迅速增加，地域分布越来越广，行业结构越来越丰富，对国民经济的示范、引导和促进作用日益增强。

根据深圳证券交易所发审监管部统计，中小板首批8家公司于2004年6月25日挂牌，截至2009年4月30日，中小板上市公司数量达到273家，是2004年底的7.2倍。

273家中小企业板公司扩张到了全部13个行业，金融保险、房地产、互联网、信息技术、物流服务等行业的公司相继出现，分布区域覆盖了全国25个省市（区）。

中小企业进入资本市场以后，在品牌、资金、管理等方面的实力快速提升，在缴纳税收、解决就业等方面的贡献越来越大，在地方经济发展中的示范、引导、促进作用得以充分展现，带动了全国各地风起云涌的创业热潮、创新热潮和上市热潮，增强了广大中小企业的规范化水平和市场竞争力，为我国经济发展注入了强大的动力。

为了满足发行上市要求，多数中小企业在上市前进行了业务调整，更加关注核心业务和长期发展战略，核心竞争力有所提升。上市的首次融资和后续再融资又显著增强了公司资金实力，提高了公司品牌知名度，完善了公司法人治理结构，很多中小板公司在上市后实现了跨越式的发展。

在中小板市场，涌现出苏宁电器、金风科技、大族激光、生意宝、怡亚通、石基信息、北纬通信、九阳股份、美邦服饰等一批高科技、新经济、新商业模式和新服务模式的优质公司，体现出良好的成长性和强大的自主创新能力。

深圳市副市长唐杰对中小板创办5年来取得的成就表示祝贺。他说：

如果套用一句话，深交所中小企业板的一小步代表着中国资本市场一大步，确实成绩斐然。

……

没有中小板的市场，没有创业板的市场，中小企业的融资一定会比现在要困难很多，这是五年来深交所对于中国资本市场作出的一个重要贡献。

唐杰最后表示：

深圳应该感谢深交所，感谢深交所在主板市场、创业板市场、中小板市场建设当中，为深圳所作的贡献，包括制度贡献，也包括上市公司贡献。深交所长期以来执行一个理念，深交所要防止深交所成为一个地方的交易所，它是为全国服务的。我希望有各地成长性公司到中小板上市、到创业板上市，深圳愿意也一定要保证今后全力配合深交所的工作，切实把深交所打造成为一个深圳的名片，也是中国的名片。

本书主要参考资料

《中国股市：轮回中的涅槃》何诚颖等著　中国财政经济出版社

《看懂股市新闻》袁克成著　北京机械工业出版社

《我的提款机：中国股市》周佛郎　沉辛著　地震出版社

《大熊市：我们如何取暖》李文勇　吴行达编著　经济管理出版社

《第一要务：战胜股市风险》海天编著　中国科学技术出版社

《中国股市异象研究：基于行为金融视角》孔东民著　华中科技大学出版社

《基于分形分析的我国股市波动性研究》曹广喜著　经济科学出版社